U0088331

阿嬤的情書
鐘曉彤◎著
封面插圖◎超感動

廖大豪　國小四年級學生　10歲　男

素心阿嬤大女兒生下的兒子，也是她的孫子。

個性內向、拘謹，最喜歡研究昆蟲。自從媽媽帶他回到外婆家，每天都會帶著望遠鏡到處走，可是膽子不大的他，活動範圍限於村子外五百公尺以內。

段小雪 國小三年級學生 9歲 女

素心阿嬤二女兒生下的女兒，也是她的孫女。

活潑、好動，沒有一點女孩子氣。見到表哥廖大豪，幾乎不能接受世界上竟然會有這麼膽小的男生。可是段小雪也有弱點，就是怕昆蟲，這也讓她不得不接受得跟表哥一起行動，好讓表哥幫她趕走昆蟲。

素心阿嬤　大林村水梨達人　60歲女

素心阿嬤為人和藹可親，是全村老少仰賴的長者，更是大林村最會種水梨的人，也是大林村今日能有水梨之鄉盛名的幕後功臣。

羅門　郵差　20歲男

羅門是大林村新報到半年的郵差，在工作中他發現一件事，就是住在村長家附近，全村人都很尊敬的素心阿嬤每個禮拜都會寄一封信，並且信都是寄到同一個地址，但羅門從來沒有見過回信。

目次

第一章
駛離台北的火車

離開台北，儘管還不是很遙遠，風景卻大大不同。段小雪拉著媽媽的手，不甘不願的嘟著小嘴。

她一點也不在意車窗外頭的風景，還在為媽媽武斷的帶著她在這個難得的暑假回鄉下，打亂她和幾位好朋友一起去烏來玩、逛動物園等等的暑假計畫而生氣悶氣。

三天前，段媽媽無預警的跟段小雪表示要到中部鄉下老家度過這個暑假。

從那天起，段小雪就用沉默，用翹得老高的小嘴表達她的抗議。

段媽媽看在眼裡，倒也沒多說什麼。對於自己的女兒，她很清楚，段小雪展現出來的抗議，段媽媽猜想不會持續多久。只能怪自己以前沒有經常帶著女兒回到老家，這才讓段小雪對於家鄉有一種不熟悉而產生的厭惡感。

「鄉下一定有很多蚊子！」

「什麼！沒有兒童樂園，也沒有圖書館，那回去要做什麼？好無聊喔！」

段小雪抗議著，她想得到的關於鄉下的印象全是負面的。

不過，連著抗議三天，小孩子還能堅持多久。跟媽媽抗爭實在不討好，段小雪剛開

始跟媽媽賭氣，可是三天下來，她發現媽媽和往常不同，以往一天內母女兩人就會言歸於好。這一次，媽媽似乎打定主意，說什麼都不會改變自己的決定。

段小雪見媽媽也不理會自己，想要吸引媽媽的注意，畢竟她最愛的還是媽媽，雖然嘴巴還是像掛著一斤豬肉似的，卻首先打破沉默。

「媽媽，到外婆家還要多久？」

段小雪故意面對窗外，實際上眼角偷瞄身後媽媽的方向。

段媽媽心底偷笑，嘴巴上卻不敢笑出來。女兒跟她抗爭了三天，雖然段媽媽不贊成體罰，還是想要好好給女兒一點顏色瞧瞧。

其實段媽媽也瞭解段小雪從小生長在資源豐富的家庭，她和丈夫都很寵這個獨生女，這才造成段小雪好惡鮮明的個性。

「火車到彰化大概還要兩個多小時，從火車站還要坐三輪車，大概又要一個小時。」

「啥！那不是到外婆家的時候太陽都下山了嗎？」段小雪大叫。

其他乘客聽見段小雪高亢的叫聲，都轉過頭來看她。有的乘客見到是位小女孩，想說孩子調皮，沒再多看兩眼。有幾個同樣是孩子的乘客，則是好奇的對段小雪座位處張望。

一對老夫婦見到段小雪活潑的樣子，想起自己的乖孫子，不禁露出慈祥的笑容。乘客們竊竊私語，連原本睡著的都因此而醒過來。

段媽媽輕輕抓起段小雪的小手一打，說：「瞧妳在公共場所大呼小叫的，把人家休息的乘客都吵醒了。」

段小雪吐了吐舌頭，一臉無辜的樣子。

「媽媽，我們去外婆家，妳說爸爸一個人在家會不會很寂寞？」

段媽媽被女兒的問題問得楞在那裡，隨口應了聲：「嗯……」

想到丈夫，段媽媽的臉色一沉，不是很高興的樣子。

段小雪見到媽媽的表情，知道自己問了惹媽媽不快的問題，可是她也不懂該怎麼安慰才好。

撇開先生的問題，段媽媽現在心裡最大的煩惱還是自己的媽媽，也就是段小雪的外婆。這也是她們這次回來的原因，因為來自弟弟的那通媽媽病倒的電話。

也許是接受現實了，也許是害怕媽媽生氣，段小雪收起原先不滿的情緒。伴著火車車窗縫隙吹進來的微風，段小雪漸漸放鬆起來，沒多久就睡著了。

廖爸爸和廖媽媽帶著兒子廖大豪在與段小雪同一班列車上，只是位於不同車廂。

廖媽媽從背包拿出一顆橘子，把橘子皮剝下。廖媽媽拿起一瓣水嫩的橘子果肉，遞到廖大豪嘴邊。廖大豪張口，把橘子吃進嘴裡。

廖大豪跟手上那本書，像是黏在一起。他嘴裡吃著媽媽剝的橘子，眼睛抬也不抬一下，始終專注在書的頁面上。

看到兒子認真的樣子，廖媽媽其實有說不出的煩惱，她看看坐在右手邊的先生，又露出擔憂的愁容。

「其他孩子都喜歡在外頭跑跑跳跳，活潑的像是小猴子，怎麼我們家大豪卻一點也不活潑呢？為什麼不去外頭跟朋友一起玩呢？」廖媽媽對先生輕聲說。

心。

「兒子喜歡讀書，這是好事啊！妳擔心什麼？」廖爸爸輕拍太太的手背，要她寬心。

「我知道讀書是好事，但這樣的童年……唉！這樣真的好嗎？」

廖爸爸推推眼鏡，看著兒子，內心有說不出的驕傲。

他是位基層公務員，平常跟同事聊天，大夥兒都對自己孩子的未來前途很是煩惱，就只有他的孩子從來沒有在關於未來十分重要的學習與讀書方面讓他操心過。

摸摸廖大豪的頭，廖爸爸說：「大豪，你一定要好好唸書，以後考上大學找份好工作就容易了。」

對於自己的生活，廖爸爸雖然覺得當公務員頗為穩定，內心其實還是希望能夠擁有更富裕的物質環境。

對於兒子不同於其他孩子的用功與樂於學習的傾向，廖爸爸將內心的期望都投注在兒子身上。

廖大豪對於爸爸和媽媽常說的話早就聽得都會背了，爸爸一天到晚就是叫他好好唸

書，好像唸書就能走向美好的未來人生；媽媽則是一天到晚擔心他書唸的太多，好像唸太多就失去快樂的童年生活。

內心，廖大豪覺得很矛盾，可是他關心爸爸，也關心媽媽，所以他不知道該討好誰才能讓大家開心，於是他選擇沉默。

「不說就不會有人不開心了！」廖大豪打定主意。

「你在看什麼書？」廖爸爸好奇問道。

廖大豪翻起書皮給爸爸看，粉紅色印有幸運草圖騰的封面上寫著《老人與海》。

「海明威的名著，不錯不錯。」廖爸爸伸出手摸摸兒子的頭說。

「爸爸你讀過嗎？」

「有啊！爸爸年輕的時候讀過很多書，《白鯨記》、《湯姆歷險記》什麼的。」

廖媽媽忍不住插話：「大豪，除了唸書，你也應該多找時間出去走走啊！看《老人與海》，如果不去看看海，怎麼會知道書裡頭究竟寫的是什麼。」

「哪是這樣？古人說：『書中自有顏如玉，書中自有黃金屋。』唸書是好事，而且是大大的好事。」廖爸爸並不認同這種說法，有點不快的說。

「古人不是也說：『讀萬卷書，行萬里路。』我們家大豪光讀萬卷書，這樣好像跟古人說的不一樣。」廖媽媽和廖爸爸同樣是高中畢業，兩人學歷差不多，不甘示弱的反駁先生說。

廖爸爸被問得說不出話，大吐一口氣，摟著廖大豪肩膀，說：「大豪，你努力用功，爸爸努力賺錢，以後一定讓你上大學。」

「謝謝爸爸。」

「乖。」

見兒子似乎站在自己那一邊，廖爸爸開心的說。

對著媽媽，廖大豪感到有些抱歉，但他是真的發自內心喜歡看書，他不明白的是為什麼唸書和考初中、高中和大學有關係。

看看爸爸，看看媽媽，廖大豪默默的希望自己也能像《老人與海》中的老人，能夠對於自己所做的事情很有信心。

讀書，廖大豪彷彿自己就能站在大海前，就能見到一位坐著小船，拿著釣竿的老人正在海面漂浮著。他還見到老人的面容很堅毅，對於自己所做的事情很有信心。所以廖大豪突然羨慕起老人來，對於爸爸媽媽所擔憂的未來，他不懂。他只是想找出一條路，一條能夠讓自己開心的路。

「對了，爸爸媽媽，這一次我們回外婆家是為什麼呢？」

「唉！」

廖媽媽嘆了口氣，幾天前她接到在老家的弟弟打來的電話，談到媽媽最近病倒的消息。

平常與媽媽台北、彰化相隔兩地，許多不瞭解的都透過電話聯絡。

明明上週和媽媽還有說有笑，怎麼才沒多久就傳來這令人擔憂的消息。廖媽媽想的很多，於是一等兒子放暑假便趕緊準備回家鄉陪伴媽媽。

廖爸爸剛好也趁著這個機會請了假，想幫妻子分擔一點憂愁。

既然夫妻兩人都要來到彰化，總不能把小孩一個人留在家裡，本來只是廖媽媽一個人的返鄉之旅，最後變成一家三口的暑假旅行。

走在鐵軌上的火車悄悄抵達彰化火車站，彼此有著聯繫，懷抱忐忑不安心情的兩家人逐漸接近造就他們成長，那美麗的家鄉。

第二章
水梨之村

大林村街道上空空蕩蕩，只有幾隻村子裡頭的小土狗三兩成群的在土地公廟附近徘徊。

夏天是大林村十分熱鬧的日子，大大大小、老老少少的村民們都正忙著在水梨園中採收水梨。

純樸的農村，仍有一個生活的重心。也許和都市不同，這裡沒有文化中心舉辦社區園遊會，也沒有百貨公司的週年慶，更沒有來自各大企業的商業活動。但是有一樣東西緊緊將全村村民的心聯繫在一起。

水梨，大林村幾乎所有村民都從事的農業生產活動。大林村，可以說就是水梨之村。

太陽還在頭上，這時幾乎全村村民都在水梨園裡頭忙著。

「素心阿嬤！」

身材魁梧的阿牛哥遠遠見到素心阿嬤，高聲對她打招呼。

「素心阿嬤來了！」大家聽見「素心阿嬤」四個字，全都很有默契的放下手上工

作，望向水梨園通往村裡的石子路。

白髮蒼蒼，穿著一身淺藍色素衣，戴著斗笠。超過六十歲的年紀，身子沒有駝背，直挺挺的。拄著拐杖走起路來的步伐雖不大，但是每一步都踩得穩當，很有精神。如果沒有人說，還真看不出老太太的實際年齡。

素心阿嬤，她是全村村民最尊敬的長者。

阿水嬸跑過來，扶著素心阿嬤的手，說：「阿嬤，您怎麼來了？前幾天我聽阿家說您昏倒了。今天日頭赤炎炎，我看您還是待在家裡休息吧！」

「對啊！最近園子裡也沒什麼事，採水梨這種工作交給我們年輕人就好。」阿牛哥露出手臂上結實的肌肉，笑說。

「對啊！對啊！阿嬤您回家休息，我們等一下就送一大簍子水梨過去。」

「交給我們啦！」

「您安心吧！」

其他村民紛紛圍過來，都勸著素心阿嬤回家休息。

動。

素心阿嬤揮揮手，要大家不用為她擔心，似乎很堅持一定要留下來，跟大家一起勞動。

素心阿嬤的小兒子阿家穿著短褲和麻襯衫，此時也跑到果園裡來。見到母親，阿家輕聲說：「媽，今天太陽那麼大，您身子才復原沒多久，跟我回家休息吧！」

「阿家、大夥兒，你們真的是……呵呵！太小看我這位老人家了。」

「媽，大家不是小看您，是擔心您啊！」

村長水生伯拿下斗笠，走過來說：「素心，今天大林村能夠有今日榮景都是多虧妳當年的付出和努力。我們大家都感念在心，可是我們都不年輕了，這些粗重活兒還是讓給年輕人吧！」

「村長伯說的有道理。媽，您就別操心了，果園裡頭大小事這麼多年我們都學會了，絕對不會讓您失望。」

拗不過村民們的熱情，素心阿嬤折衷一下自己內心本來要幫忙大家的想法，沒有立刻回家，走到果園邊一棵大榕樹下，坐在陰涼處看著大家忙碌採收水梨的情形。

對素心阿嬤來說，全村的年輕人，以及那一棵棵水梨樹，那一粒粒水梨都像是她的孩子。

水生伯坐在素心阿嬤身旁，同她一起看著年輕人們，對她說：「素心啊！真是沒想到當年妳一個小小想法，竟然能夠讓大林村有今天這麼熱鬧的景象。」

「水生，你太客氣了。回想當年，真的是想都不敢想。」

素心阿嬤不是話多的人，可是一旦聊起過去，尤其是談到最心愛的水梨，素心阿嬤一下子變得滔滔不絕起來。

素心阿嬤和水生伯彷彿一下子走進時光隧道，三十多年前往事突然歷歷在目。

猶記得三十多年前，來自海峽彼岸，跟著國民黨飄洋過海來到寶島台灣，當時這裡還是一塊荒蕪之地。在缺乏資源以及對於這塊土地的瞭解下，只能接受政府的安排在這裡落地生根。

這個過程剛開始很不容易，因為沒有什麼東西是準備在那裡，等待素心阿嬤、水生伯和其他來到這兒的人們作為打造自己家園的基礎。

當初因為想要在身邊留下家鄉的印記，因而帶在身邊的那一瓶裝有家鄉泥土的瓶子。素心阿嬤把這一瓶泥土灑在住家附近的一塊貧瘠土地，誰知竟意外長出水梨樹。

素心阿嬤仔細觀察，尋找原因，這才發現當初帶來的那一瓶泥土中藏有來自家鄉的水梨種子。

遠在天邊的家鄉，依舊用人們難以言喻的特殊方法，讓素心阿嬤感受到家鄉的溫暖。雖然離家千百里，但至少還有家鄉的水梨在身邊。

因此，素心阿嬤動了栽種水梨的念頭。這個念頭不斷發酵，吸引了許多對於生活還沒有頭緒的村民陸續加入。漸漸地，這個勇敢嘗試變成全村的精神指標，大家都一起來種植水梨，並且一起研究要怎麼樣種植水梨，才能把水梨種得又大、又甜。

經過十多年的耕耘，來自大林的水梨已成為台灣，甚至東南亞美食饕客眼中的頂級水梨。

現在回頭看，好像栽種這些水梨沒有什麼了不起，全村每個人都會。當初一步一腳印的辛苦，卻是老一輩，以前中年一代的人共同的回憶。

水生伯想到最早的時候，他還跟素心阿嬤不熟，他很懷疑水梨是否能夠種植成功，也很懷疑究竟水梨能不能夠賣錢，養活家人。

那時，素心阿嬤對他說：「水生，既然種也煩惱，不種也煩惱。要不我們一起來試試看，失敗了你也沒有什麼損失，成功了，那可是全村人的福氣。」

水生伯想：「反正我也想不出有什麼好的謀生之道，乾脆就來試試看素心的建議。」

結果出乎水生伯當年預料，當他見到自己親手栽種的第一顆水梨掛在樹上，那股難以言喻的快樂，讓他從此成為素心阿嬤最重要的夥伴，僅次於素心阿嬤已過世的先生。

「時間過得真快。」水生伯說。

「是啊！我們都老了。」素心阿嬤說。

「可是，水梨永遠不會老呢！反而長得越來越好。」

「是啊！年輕一代有他們的想法，不斷的改良水梨的種法，我想以後會有更大、更漂亮、更多汁的水梨。」

「不知道我們活不活得到那個時候？」

「活得到也好，活不到也好，只要看到大夥兒開心，我就開心。」素心阿嬤爽朗的笑著。站起身，素心阿嬤抖抖褲子上的塵土，她今天精神抖擻還有一個原因，水生伯還沒聽她說。

「今天我兩個女兒都要帶著孫子回來，我得先回家燒飯。水生，這邊的事情你就多擔待。」

「唷！大美、小美都要回來，那可是喜事一件。我好久沒見到這兩個小娃兒了，想不到她們都當媽啦！」

「是啊！孩子總是比想像中長得更快。」

「就像水梨。」

「對！」

彰化火車站月台上，素心阿嬤的兩個女兒不期而遇。

「姊，妳怎麼在這兒？」段媽媽見到姊姊，驚訝的說。

「啊！」

廖媽媽已經猜到是怎麼回事兒，說：「還不是因為接到阿家的電話。」

「這位是姊夫吧！」段媽媽見到廖爸爸，說。

廖爸爸靦腆的對小姨子揮手致意，沒再多說。

大人有大人的視線高度，孩子也有孩子的視線高度。

廖大豪和段小雪，他們從未見過彼此，廖大豪不知道自己有位表妹，段小雪也不知道自己有位表哥。

段小雪落落大方的牽著媽媽的手，有點疑惑的看著廖大豪。廖大豪則是有點膽怯，緊緊依靠在爸爸的腿旁邊，不敢輕舉妄動。

大人們寒暄了一會兒，想到孩子們彼此不認識，順便介紹。

「小雪，快叫表哥。」段媽媽對女兒說。

段小雪有點不大甘願，可是還是乖乖的照著說：「表哥。」

廖爸爸對兒子說：「大豪，人家叫你表哥，你要叫人家什麼？」

「表妹。」廖大豪說話的聲音小聲的跟蚊子一樣。

廖爸爸在兒子身後輕輕推了一把，順便說：「大聲點。」

「表妹。」廖大豪勉強提高音量說。

這個膽怯的模樣，讓段小雪還沒跟廖大豪說上話，心裡就已經有了一個不怎麼好的印象。

第三章 膽小鬼

素心阿嬤兩個女兒，兩家人叫了兩輛三輪車。三輪車車伕踩的節奏緩慢卻穩健，速度雖不是多快，但走在靜謐的鄉間小道，卻也別有一番風味。

這個速度，臉上有風，讓人不甚燥熱，並且還能看清周遭的事物。段小雪在火車上睡個飽，這下子精神奕奕，鄉下的氛圍與風景全是她所不熟悉的。正是這種不熟悉所帶來的好奇心，讓她忘記自己來鄉下之前那種充滿負面的想像畫面。

結實累累的土芒果樹，小小的芒果掉了一地，三輪車的輪子壓過，「噗滋」聲，以及滿地的芒果汁，把泥土路布置的好像一條黃色小徑。

廖大豪坐在爸爸和媽媽之間，三輪車座位不大，他覺得有點擁擠，身子不住動來動去。

廖媽媽察覺兒子的意思，把兒子抱到腿上坐著。廖爸爸見到妻子這麼做，對妻子瞥了一眼表示：「孩子的媽，妳會不會太寵他了？」

「車伕，還有多久才到大林腳？」段媽媽問。

「就快到了。」

大林村的邊界，連往彰化市的道路剛好就在八卦山最邊緣處的一個山腳下，所以進入大林村的入口又被稱為「大林腳」。

車伕一聽到「大林腳」，就知道問的人不是外地人，八成是土生土長的大林人，好奇問道：「太太，妳是大林人吧？」

「你怎麼知道？」

「知道『大林腳』三個字的一定是本地人，不是老大林人不知道。」車伕憑著載客經驗，回答說。

「對啦！我是大林人。」

「大林很漂亮，而且水梨一流。」車伕興奮的說。

聽到水梨，素心阿嬷家兩位女兒心底不禁歡喜起來，那可是出於她們最愛的母親之手，大林村的驕傲。

「你也知道大林村的水梨好吃？」廖媽媽問。

「當然！全彰化誰不知道大林產的水梨台灣尚讚。尤其是接枝在蘋果樹上的『蘋果梨』，想吃還買不到呢！」

時間差不多已經接近傍晚，段小雪聽到水梨馬上就餓了，問媽媽還有多久才到，她想趕快吃飯。

廖大豪聽見水梨，這在台北不是常常能吃到的水果，頗為好奇。

三輪車到了大林腳，本來兩位車伕說還可往前送他們到聚落中心，但是廖媽媽和段媽媽都婉拒了。她們好久沒有回家，想透過自己的腳，好好看一看這個久違的家鄉。

不過，這可苦了隨行的廖爸爸。兩個女人手上各提一個中等包包，兩個孩子則是手上拿著自己的書和小東西。除此之外的行李，全部交給廖爸爸一個人負責。

素心阿嬤的家離大林村入口約有兩里路，說近不近，說遠不遠。

漆著紅色油漆的鐵門與低矮的圍籬，大林村治安有多好從這裡就看得出來。三合院中的大埕只見一位中年女子正在打掃。

素心阿嬤平時和兒子阿家住在一起，阿家還沒娶媳婦，但村裡有一位負責煮飯和家務的寡婦靜芬會來幫忙。

兩姊妹走進院子，中年女子見到她們，開心的說：「妳們一定就是大美跟小美！」然後對房子裡頭叫道：「素心阿嬤，妳家兩位女兒回來囉！」

素心阿嬤走了出來，沒有一點兒疲態。

兩姊妹見到媽媽看起來身子還是十分硬朗，喜出望外。她們本來還以為情況很糟，都懷抱著可能會看到老人家臥病在床的想法。現在見到母親能走能跑，心裡一塊大石頭慢慢放了下來。

阿家跟在後面，見到兩位姊姊，咧嘴笑道：「大姊、二姊！」

見到弟弟，作為三姊弟中大姊的廖媽媽過去很親暱的在弟弟肩頭上搥一下，說：「阿家，當初聽你說的好像多嚴重似的，媽媽看起來很硬朗嘛！」

身為二姊的段媽媽和弟弟阿家的年紀比較相近，笑說：「是啊！該不會是因為你太想念兩位姊姊，所以才編出個理由叫我們回來看你吧！」

「哎唷！我哪敢啊！」阿家也是三十歲出頭的青年人，可是在姊姊面前，好像自己又回到小時候，必須乖乖聽姊姊的教訓。

「總之沒事就好。」廖爸爸說。

「姊夫。」阿家見廖爸爸手上拿著大包小包，趕緊過來接過去。廖爸爸推辭了一下，接受了他的好意。

「兩個小傢伙，還不快過來給外婆看看。」姊弟們正寒暄，素心阿嬤最惦記的可是兩位沒見過幾次面的小孫子和小孫女。

廖大豪和段小雪對素心阿嬤十分陌生，都先望了爸媽一眼，確認他們想要自己做的是要熱情的跟阿嬤接觸，這才慢慢走過去。

段小雪天不怕地不怕的，走過去給阿嬤一個擁抱，還在臉頰送上香吻。

廖大豪有些放不開，只敢輕輕的抱了抱阿嬤，還是阿嬤主動拍拍他，才讓他比較放鬆一點。

「我的兩個小寶貝唷！」素心阿嬤對誰都不偏心，給兩個孫子擁抱的份量一樣多。

「你們先進屋休息吧！菜快燒好了。」素心阿嬤說。

阿家領著兩位姊姊的家人們先回各自的房間安頓好，但兩位姊妹的房間剛好一個在東側，一個在西側。因為大姊這邊行李比較多，所以他是和大姊一起走。一邊走，一邊不忘跟姊姊聊著這一段時間家裡發生的事。

廖大豪和段小雪，打從下了火車，除了必要的問候，始終沒講過一句話。廖大豪有幾次用眼角偷偷看著表妹，段小雪明明發現，卻還是裝作不知道的樣子。

「哼！臭男生。」段小雪在學校就是一副潑辣樣，跟男生形同絕緣體。她實在不明白男生怎麼可以那麼討厭，有事沒事就喜歡惡作劇，還喜歡上課睡覺、挖鼻孔。

特別段小雪又真的有一身如雪般潔白的肌膚，以及一張秀氣的瓜子臉，班上男生都很喜歡她。可是小孩子不懂怎麼表達感情，於是只好用惡作劇的方式來吸引她的注意。

有事沒事，總會有男生跑過來拍她一下，或是故意用些愚蠢的話語刺激段小雪。久而久之，段小雪覺得好像男生都喜歡欺負女生，非常無聊。

另外，或許也是因為見到媽媽偶爾會為了爸爸常常不在家的事情偷偷哭泣。只是段小雪沒有讓媽媽知道自己早注意到媽媽的寂寞和眼淚，可是她愛媽媽，也愛爸爸，所以

她沒有辦法去問爸爸什麼。在段小雪心中，她只是跟媽媽一樣希望爸爸多花點時間陪陪她們。

廖大豪其實想跟表妹說說話，可是一回過頭，他見到表妹甩都不甩他的身影，不禁想起自己在學校的遭遇。他總是一個人在看書，而同學們都喜歡在操場玩，所以他被當成異類。可是在家裡，爸爸卻把他當成驕傲，並且每天都說好多關於讀書的好話。

日出而作，日落而息，這就是大林村的生活寫照。

飯廳的燈點亮，靜芬和三姊弟陸續把飯菜放到餐桌上。

「好久沒那麼熱鬧了。」素心阿嬤看著今天用餐的每個人，有感而發的說。平常只有自己和兒子兩個人冷冷清清的用餐，而今天光是吃飯以外，還有好多好多的話在餐桌上傳遞著。

「媽，多吃一點。」大美想到好一段時間沒有孝敬母親，提筷幫素心阿嬤夾了一大塊五花肉。

阿家看了，有點煞風景的說：「姊，醫生說媽媽不能吃肥肉，我看還是不要比較好。」

「有什麼關係！」素心阿嬤不想讓女兒失望，把碗伸出來讓女兒把要夾給自己的那塊五花肉放進碗裡。

「媽……」阿家想要阻止媽媽，可是見媽媽今天那麼開心，他實在不忍再說些破壞氣氛的話。

廖爸爸緩頰說：「我看報紙上寫，肥肉有比較多的膽固醇，吃多了好像對老人家心臟不大好，但我想只吃個一兩塊應該沒有關係。」

大家聽了都覺得頗有道理，素心阿嬤吃了這塊肉，也沒再對桌上的肉動筷子。簡單幾個小動作，就能看出這一家人彼此之間的互相關心。有些話沒有說出來，但是他們已經用行為表達對彼此的愛。

靜芬燒得一手好菜，加上大林村村民自己種植的蔬菜都很好吃，旅途奔波半天時間，大夥兒都餓了。

廖大豪和段小雪兩個孩子，都沒想過自己竟然有那麼會吃。今天兩個人都吃了滿滿一碗飯。

素心阿嬤笑吟吟的看著兩個孫子吃的香甜，很有成就感。然後說：「等一下吃完飯，哪一位小孫子要陪阿嬤去散步？」

「大豪，你陪阿嬤去走走吧！」廖爸爸對兒子說。

廖大豪看看門外，搖搖頭。

廖爸爸微微皺眉，說：「怎麼了，不聽爸爸的話？」

「不是啦！我……我不敢。」廖大豪連忙解釋。

「不敢？」段小雪抬頭望著廖大豪，有點詫異的問。

「外頭好黑喔！我怕有鬼。」廖大豪不好意思的說。

聽見廖大豪的回答，段小雪心裡又對這位表哥扣了一些印象分數。她發現這位表哥不但是臭男生，還是一個怕黑怕鬼的膽小臭男生。

第四章
表妹最大

「吃完飯，記得給爸爸上一炷香。」素心阿嬤吃了兩口飯，說。

「是的，媽。」兩姊妹異口同聲說。

儘管對父親已經沒有太多印象，可是對於父親的感覺，從素心阿嬤身上，彷彿就能感受得到。

正如素心阿嬤以前教育家裡三位孩子們所說：「不要做出讓在天上的阿爸傷心的事。」

三姊弟把素心阿嬤的話謹記在心，也把對於父親的思念跟著放在心中最深處。

用過晚餐，素心阿嬤一家人來到客廳的佛堂前，素心阿嬤對著老伴兒的牌位，本來想要跪下來。

大美、小美和阿家趕緊扶住她，好說歹說才說服媽媽要保重自己的身體，不要輕易委屈自己的身子。

段小雪和廖大豪對於自己的外婆都已經不熟悉了，更甭提連見都沒見過的外公。她們在台北的家都沒有設佛堂在家，對於拿香拜拜都可以說是第一次。

廖大豪注意到香飄散的姿態，他覺得好像仙子，白色煙霧如同一道向天上慢慢前進的牛奶小河。他看得呆了，連媽媽遞給他一炷香都沒注意。

「大豪，你在發什麼呆？」廖媽媽說。

「對不起。」廖大豪接過香，他聞到香的味道，深深吸了一口氣，想要把這個味道記在心裡。

段小雪在一旁觀察到廖大豪的行為，內心不禁碎碎唸：「天啊！這個人是怎麼回事，真是個怪人。」

對著沒有見過的親人表達敬意，段小雪覺得無所謂，她只是照著媽媽的期望去做。廖大豪則是根本沒有怎麼注意這個過程，他的心思都在香所飄散的白煙形態，以及白煙的味道上。

廖大豪注意到好像段小雪在看他，微微側過頭看往表妹的方向，兩人四目瞬間交接。他有點不好意思，擠出尷尬的笑容。

隔天一早，孩子們平常還在睡覺的時間，大人們都已經起床。這也意味著他們必須

改變自己的作息，好適應新環境。

昨晚段小雪沒有睡得很好，她認床也認枕頭，一整個晚上她翻來覆去。只見媽媽睡得香甜，一覺到天明。這就是從小長大的家所給予的基本功能，一種可以讓人睡得很沉的安全感。

廖大豪沒有認床的煩惱，但他昨晚也沒有睡好，因為他對周遭環境有太多想要瞭解和知道的，所以整晚他的雷達始終保持開啟狀態。看著窗外的月光灑進房間，窗臺上那盆花的影子長長的伸在房間地上，一切都是那麼新奇。

此外，當然還有一個原因是因為廖大豪很擔心會有什麼妖魔鬼怪突然出現。

「表哥，快把那個東西遞給我！」早餐桌上，段小雪指著放在離她比較遠的那一端，那一小盤豆腐乳，對廖大豪說。

經過短短一個晚上的確認，段小雪還想多花點時間瞭解一下這個表哥是不是真的如想像中這麼沒用。

廖大豪看著眼前的豆腐乳，這時爸爸和媽媽等大人們早就已經用過早餐，正在院子

裡頭閒聊，沒有人可以當他的顧問提供意見。

他把豆腐乳的盤子往前推了十多公分，差不多是表妹要伸長手臂才能搆到的距離。

「這樣我哪夾的到？」段小雪說，口氣不是很好。

廖大豪把碗筷放下，走下椅子，把盤子拿起來，放到段小雪身前桌面。沒有講一句話，又回到自己的位子上，繼續吃碗裡頭外婆一早起來煮的地瓜稀飯。

段媽媽這時走進來，見兩個孩子吃得差不多，便對他們說：「大豪、小雪，我們大人要去水梨園看看，你們趕快吃一吃，一起來。」

兩個都市長大的孩子對果園十分陌生，兩人都有高昂的興趣，沒幾下功夫就把地瓜稀飯吃完，跟在大人後頭走去。

素心阿嬤老當益壯走在前頭，左右有兩位女兒攙扶，後面阿家和廖爸爸幫忙拿著一些採收水果用的剪刀和竹簍。

來到水梨園，正在工作的村民們見到幾位他們不怎麼見過的人，都有點好奇。素心阿嬤家兩姊妹好多年沒有下來果園工作，但她們小時候幫過許多忙，基本的要領都還記得。

採摘水梨的時候最重要的就是別把水梨軟嫩脆弱的外皮傷到，一旦傷到賣相不好會大大影響售價。要輕輕用手掌將水梨握住，然後另一手用剪刀將水梨剪下來。

因此採水梨時若是要戴手套，也不能戴平時耕田或是做土木工程使用的粗麻手套，而要戴棉製等材質比較細緻的手套。

「兩個小朋友要不要試試看？」阿家看著兩個孩子對於大人們採收梨子好像很好奇，提議說。

廖大豪和段小雪都一副躍躍欲試的樣子，可是段媽媽想了想，說：「梨子樹對他們兩個現在而言都太高了，我看還是算了吧！」

「也是。」阿家用手比比梨子長在樹上的高度，以及兩個孩子的身高，噗哧笑說。

段小雪可不能接受被看扁，不甘示弱的說：「我可以，讓我試試看。」

廖大豪對於大人的意見總是遵從，他身高跟段小雪差不多，雖然覺得採水果好像很有趣，但他不敢說出自己的想法。

「表哥，你說是不是？」段小雪突然問了這句話，廖大豪根本沒有反應過來，隨口說：「對、對……」

「對什麼對？」段小雪知道廖大豪沒有仔細聽她說話，故意這樣問。

「這個……」廖大豪答不出來。

「你們兩個不要想些有的沒有的，乖乖坐在旁邊看，等一下還有工作要麻煩你們。」段媽媽見兩個孩子在那裡幫不上忙，至少不要礙手礙腳的，就請他們先去旁邊觀摩學習。

廖大豪坐在樹下，很專心的看著大人們採收水梨的過程。

段小雪剛開始覺得頗有趣，不到半小時後便漸漸開始感到無聊。她見廖大豪一副興致昂然的樣子，有點不大能苟同，於是帶有些許搗蛋意味的念頭一一浮上她的腦海。

「表哥，我們來玩好不好？」段小雪提議。

「好啊！」身邊沒有同年齡的孩子，聽見段小雪提議要玩遊戲，廖大豪聽了完全不用考慮，便回答。

「我們來玩猜拳。」

「妳是說『剪刀、石頭、布。』嗎？」

「對，你會玩嗎？」

「我會。」

「好，那我們就開始囉！」

「好啊！」

「不過……」段小雪停頓了一下，眼珠子骨溜轉了轉，接著說：「輸的人要懲罰。」

「什麼懲罰？」

「輸的人要去昨天看到的土地公廟，拿毛筆在土地公臉上畫黑眼圈。」

「哈！好有趣，可是這樣會被罵吧！」

廖大豪沒有聽過這麼有趣的提議，他內心很想去做，可是他也考慮到可能的風險。按照爸爸的個性，要是被抓到可不只有罵而已，搞不好還要挨一頓揍。

「所以你不敢囉？」段小雪猜測著廖大豪的個性，故意激他，想看看他的反應。

「誰、誰說我不敢。」

廖大豪毫無意外的中了段小雪的圈套，明明膽子沒有很大，還是服從男生老是被塑造出來應該要勇敢的印象，就怕自己被視為不勇敢的人，硬著頭皮說。

廖大豪沒有發現自己並沒有說謊的天賦，段小雪看在眼裡幾乎快要笑出來，段小雪相信幾乎沒有一個人會看不出廖大豪剛剛說話的態勢根本是裝出來的。可是為了讓遊戲更加有趣，段小雪忍住笑，繼續說：「那我們就開始吧！」

「等一等，只有一把嗎？」

「三戰兩勝。」段小雪補充說。

談好遊戲規則，比賽正式開始。

「剪刀、石頭、布！」

廖大豪手上的剪刀，碰上段小雪的石頭，輸了第一把。

廖大豪對於自己輸掉第一把的失望之情全寫在臉上，他是抱著可能會贏的心情才參加的。可是現在看來，他只要再一段不長的時間就有可能會輸。

還沒等廖大豪回神過來，「剪刀、石頭……」段小雪接著又要廖大豪趕緊出第二把。

這次，廖大豪手上的布，被段小雪手上的剪刀給剪開。才不過一分鐘不到的時間，廖大豪已經徹底瞭解到自己的智慧跟表妹的智慧相比，根本是天差地遠。

「表哥，要守信用喔！」段小雪對於自己獲得勝利感到非常高興，抱著雀躍的心情對廖大豪說。

廖大豪說什麼也不敢在土地公面前畫東畫西，可是又已經答應了表妹，廖大豪想不出什麼好的解決方法，最後只好用在大林期間都要幫表妹盛飯和洗碗作為補償。這時廖大豪還不理解，以後會有更多他為了「補償」而進行的活動，他已經被表妹吃得死死的了。

第五章
我愛昆蟲

每天早上，廖大豪都覺得在外婆家的生活像是在探險。

這天早上，廖大豪帶著他那本只剩下不到五分之一就要讀完的《老人與海》，以及爸爸去年當作生日禮物買給他的一副塑膠製的望遠鏡，展開一天的探險。

他小心翼翼的吃完飯後，拿著表妹的碗筷到洗碗槽洗乾淨，生怕被大人們發現他幫表妹做這件事。雖然也不是什麼壞事，但廖大豪覺得似乎被發現挺丟臉的。

更重要地，他得在表妹沒有發現的情況下，一個人偷偷先一步跑出去。免得表妹又有什麼鬼主意，找他尋開心。

很有趣地，在台北的時候，爸媽總是小心囑咐他不要亂跑。台北馬路上人多車多，熱鬧、好玩的地方意味著那裡人擠人，需要提防有扒手、小偷。翻開報紙上的社會版，發生最多社會案件的地方就在台北。

來到鄉下，爸媽的管制令好像一下子得到解除。雞犬相聞的小村落，沒有那些會讓爸媽為孩子提心吊膽的壞人。每當吃完早飯後，廖大豪可以自由的去探索外婆家的周圍環境。

大林村的村民們都住在平房，差別在於有的是三合院，有的不是，和台北常見的四、五層樓公寓大不相同。廖大豪發現到，儘管平房不像公寓，每一戶人家的房子相隔較遠，但鄰居彼此之間互相關心的程度，卻有增無減。

在台北，廖大豪家就是住在一棟四層樓公寓的四樓，可是三樓住了誰，二樓住了誰，其實他並不清楚。可是在大林村，村民們習慣坐在門外頭乘涼，經過別人家門的人們見到彼此，都會和對方打招呼。

「阿牛哥，揹著竹簍子和鐮刀，準備去果園啊？」坐在屋簷底下搧扇子的劉家大嬸說。

「對，我先把大家需要用到的農具拿到果園裡頭去。今年這一批，我看大家只要再辛苦個兩三天就能採收完畢。」

「辛苦了呢！」劉家大嬸對阿牛哥鼓勵說。

「不會啦！大家攏同款。」

廖大豪行走的路線，剛好和阿牛哥要到果園的路線有一段重疊之處。其實廖大豪也沒有特別規劃什麼路線，只是隨性的走著。但光是跟著阿牛哥這一段路，他就見到村民們彼此之間互相關心、噓寒問暖的互動情形。

大林村無論有路或沒有路的地方，都有好多大樹，大樹與大樹之間構築出一條條滿佈樹蔭的小道。給予工作的人們，行走的人們一條阻擋烈陽的通道。

在台北，就算是最大的公園也沒有那麼多樹木。

廖大豪走近一棵大榕樹，他發現榕樹的樹幹粗到他雙手環抱還抱不住。樹幹的表皮，就像老人家的皮膚，有許多皺紋，像是在說這棵樹的年紀已經不小，宛如一位不會說話的長者。

榕樹的氣根從枝頭上垂下來，隨風搖擺。廖大豪摸摸樹皮，他感覺到所觸摸到的盡是粗糙感；觸摸氣根，他得輕輕的，因為氣根的表皮像是新生兒的肌膚，一個不小心很容易就會被捏斷。

這些事物，對廖大豪來說都很新奇。

以前在教科書上讀到的，老師上課講到的，都和自己親身體驗能夠感受到的截然不

同。

除此之外，還有一樣東西讓廖大豪簡直是把大林村當成他的個人專屬遊樂場，那就是隨處可見的各式昆蟲。

段小雪吃過早餐後回到房間，段媽媽今天依舊打算陪著家人到果園去看看。在這之前，段媽媽習慣性的在梳妝台前塗抹一些防曬的保養品，她從小就是全家最愛漂亮，最注重外表保養的人。

有一個愛漂亮的媽媽，便很容易教出一個愛漂亮的女兒。

段小雪的衣服有好多都是可愛又帶有一點成熟味兒的洋裝，這是段媽媽精心為孩子挑選的。段小雪的活潑個性和有主見的程度，其實比起男生有過之而無不及，但在穿著這些方面，她倒是沒有太多的意見。反正穿著裙子，照樣是上上下下、跑跑跳跳。

偶爾，段媽媽希望女兒能夠淑女一點，但她想到自己小時候，便會覺得「等女兒長大，她自然就會變得乖巧懂事。」

看著媽媽在梳妝，剛開始段小雪會有想要模仿的衝動，可是幾次看下來，媽媽每每要搞上幾乎快一個鐘頭在這些事情上，然後聽見爸爸不耐煩的催促聲。段小雪發現這可能不是她想要的，她寧願把時間拿到外面去玩。

「算了，去找表哥『玩』吧！」閒著也是閒著，段小雪想到還有一個人可以幫她打發無聊時光，於是回到飯廳。然後她發現廖大豪跟前幾天一樣，已經乖乖把碗筷都洗乾淨了。

「怎麼會有人遵守這麼蠢的約定。」段小雪搖搖頭，她那天只是隨便開個玩笑，可是廖大豪卻很認真的遵守著。

東西廂房以及正廳都找不到廖大豪，段小雪疑惑的雙手叉腰，站在院子中間。望著門外，她想廖大豪肯定是一個人偷偷跑出去了。

段小雪本來想要拿表哥尋開心的惡作劇念頭，現在一下子全消失無蹤，她要看看廖大豪究竟是跑到哪裡去了，竟然不等她，不陪她玩。

鄉下孩子沒有人穿得像段小雪一般，更沒有她那如此白皙的皮膚，所以走在大林村，段小雪顯得十分顯眼。

「那不是素心阿嬤家的小姑娘，小姑娘要去哪裡？」段小雪經過劉家大嬸門口，她對段小雪問道。

段小雪憑著直覺走了走，沒見到廖大豪的蹤影，正有點對自己的判斷感到懷疑，聽劉家大嬸說話，便抱著姑且一試的心情問：「大嬸，您有見到我表哥嗎？」

「妳表哥，我想想……是不是一個穿著短褲、球鞋，留著一個西裝頭的男孩子？」

「對，而且他手上都會拿著一本書，揹著一副望遠鏡，像是科學家那樣。」

「喔……大嬸好像有見到，他似乎跟著阿牛哥往那邊去了。」劉家大嬸舉起扇子，朝三點鐘方向一條小路指著說。

「謝謝。」段小雪第二個謝字還沒說，人就已經朝大嬸指引的方向快步走去。

小路兩旁都是些大榕樹，蟬鳴聲響徹道路兩旁。

段小雪走在這條路上，她覺得閉起眼睛，就能讓自己置身於台北，聽到那車水馬龍的道路所發出的喧囂聲。只是台北馬路上的喧囂聲，不像蟬鳴聲那般整齊劃一，有一個既定的旋律與節奏。

廖大豪正爬在一棵大樹上，段小雪見到他，有點驚訝。她沒想到這個膽小的表哥竟會如此大膽，爬上離地快有兩公尺高的榕樹樹幹。

「你在幹嘛？」段小雪在樹下，對樹上的廖大豪問。

聽見段小雪的聲音，廖大豪差點沒從樹上摔下來，本來以為可以逃脫表妹的魔掌，現在看來是失敗了。

「我在找東西。」廖大豪認真說。

「找東西找到樹上。呵！表哥你傻了嗎？」

廖大豪沒答理表妹，他正忙著眼前最重要的搜尋工作。一面找，他一面喃喃自語：「應該會有的，我看書上都這麼說。」

廖大豪突然眼睛一亮，叫道：「有了！」

從口袋裡頭掏出一個原本用來裝小汽車的塑膠空盒，廖大豪小心翼翼的前進，像是要把什麼東西給裝進去。

段小雪從樹底下見不到廖大豪注視的那樣東西，只能在樹底下張望，為了想要看清楚，她走近到大樹底下。

可能太過緊張，也可能是興奮的關係，廖大豪一不小心沒有把盒子拿穩，那個東西從樹上落了下來。

「啪！」黑黝黝的小東西無巧不巧，落在段小雪頭上。

段小雪感受到頭上有東西，不抓還好，伸手一抓她意識到那是某樣她非常非常討厭跟害怕的東西。

「蟲！有蟲！」段小雪完全失去平常的冷靜和驕縱氣息，手足無措的在地上打轉。

廖大豪本來以為這位表妹天不怕、地不怕，誰知道竟然會怕昆蟲，本來兩人有點不平衡的關係，一下子又找到平衡點。廖大豪怕黑、怕鬼，段小雪怕蟲子，兩個人都有怕的東西，但也有不怕的東西，正好互補。

「不要動，獨角仙不會咬人的。」廖大豪笑著說。

「我我我，我管牠什麼蟲，快點幫我拿下來。」段小雪著急的快要哭出來。

廖大豪爬下樹，對表妹說：「妳蹲低一點，這樣我拿不到。」

段小雪身子發抖，抱著害怕的心情蹲低，讓廖大豪方便幫她把蟲子抓下來。

「好了。」廖大豪將獨角仙裝進空盒，一臉滿足。

段小雪還在驚恐狀態，小聲問：「蟲子抓下來了嗎？」

「嗯！」廖大豪用欣賞的眼光注視著手中那隻強壯的獨角仙。

「笨蛋表哥！」段小雪跳起來給廖大豪一拳，打在他頭上。廖大豪痛得坐在地上，段小雪嘟著嘴巴，把廖大豪一個人丟在樹林裡。

廖大豪不怎麼生氣，他發現表妹原來也有弱小，需要保護的一面，加上今天又抓到一隻漂亮強壯的獨角仙。對廖大豪而言，今天的他實在找不到不開心的理由。

第六章
淋雨送信的郵差大哥

穿著鮮綠色制服的年輕人，是彰化這一帶家喻戶曉的腳踏車競速王。他不是飆車族，因為就連警察伯伯見到他，都會對他舉手致敬。

羅門，他來到彰化擔任郵差不過半年時間，可是和其他郵差相比，或許是因為年輕人的衝勁，以及他個人特別強的責任感，無論刮風下雨，他都能夠像是美國DHL快遞公司一樣，使命必達。

郵差的工作，就是把自己負責那一區的郵件包裹送完。早點送完，等於就能早點下班，羅門騎腳踏車的速度飛快，他有一雙快腿，並且對於記住道路，彷彿腦海中就有一個電腦衛星地圖。

可是羅門下班的時間沒有比其他郵差早多少，因為他喜歡透過工作接觸人們。對於每一家收送信件和包裹的習性，他都想要瞭解。

好比大林村村長水生伯，他們家固定禮拜三早上都沒有人在，所以羅門知道這天如果有掛號信，最好下午再送過去。或是如果這天工作量不大，羅門會好心的把信送到水梨園給大家。

夏天，並不總是只有太陽發威，午後雷陣雨也很厲害。短短五分鐘的狂風驟雨，可以打掉好多豐碩甜美的水梨，所以村民們才會趕著要將水梨都採收下來。畢竟每一次午後雷陣雨打下的，都是村民辛苦付出的點點滴滴。

禮拜五，這一天的午後雷陣雨來的特別早，還不到下午一點就淅瀝淅瀝的下了下來。

素心阿嬤，以及三位孩子，兩位孫子孫女都在正廳中，吃著自家栽種的水梨。水生伯今天還特別拿出來自南投鹿谷的老朋友送給他的高山凍頂烏龍茶，來到素心阿嬤家找大家泡茶聊天。

「這茶好清香啊！」廖爸爸對於茶有點小心得，平常在家沒事都會喝上一杯，但水生伯帶來的茶，是他從來沒有喝過的口味。

「嘿！很特別吧！這可是熟茶，但奇妙的是熟而不苦，而且泡上三泡之後還有餘味。」水生伯見廖爸爸對於他帶來的茶給予高度評價，開心的說。

「茶喝起來不就是那樣嗎？」段小雪坐在一旁，不解的問。

段媽媽見女兒又開始發起牢騷，見這麼多大人在，趕快趁機教育一下：「不懂的事情不要亂說。」

「今天的風雨挺大的。」廖爸爸說。

「我看至少要再下半個鐘頭才會停。」廖媽媽接著說。

「嗯！差不多。」水生伯看看天上的雲層厚度和移動速度，想了想說。

一個身著墨綠色雨衣，騎著銀色腳踏車，腳踏車後座掛著兩個皮製車包的影子，在泥濘的黃土路上呼嘯而過。

這個突兀的身影，朝著素心阿嬤家的方向過來，老遠就映入素心阿嬤和水生伯的眼裡。

素心阿嬤指著外頭，有點不敢相信的對水生伯問說：「那是羅門嗎？」

水生伯和素心阿嬤其實都沒有老花眼，住在鄉下他們兩人的眼睛長期接觸青山綠樹，視力都很好。只是在滂沱大雨中見到年輕人冒雨前來，有點不敢置信。

「嗯！是那小子。」水生伯拍手說。

羅門將腳踏車駛進素心阿嬤家院子，停在屋簷底下，從車包中拿出一封信。

素心阿嬤、水生伯都到正廳門口迎接，阿家則是早就砌好一杯熱茶要給羅門。兩位姊姊，廖爸爸，還有兩個孩子都很好奇，站在兩位老人家身後看。

「素心阿嬤，有妳的信。」羅門擦擦臉上的雨水，只見雨水浸濕他的臉龐，以及他那烏黑的頭髮。

阿家遞上一杯熱茶，段媽媽見羅門狼狽的樣子，也從後堂找出一條毛巾給他。

「謝謝。」羅門接過熱茶和毛巾，坐在屋簷底下的板凳上，稍事休息。

素心阿嬤接過信，見到上頭的地址與寄件人，寫著「彰化縣農會」字樣，表情淡淡地，沒有什麼情緒。她將信件交給阿家，說：「把信收起來。」

「是的，媽。」阿家收下信，這時農會寄來的信，大概是要素心阿嬤這邊通報他們家的水梨產量，這是每年的例行公事。

段媽媽見羅門不畏風雨，便說：「現在年輕人還有你這麼有衝勁的，當郵差未免有點可惜。」

「哈哈！」羅門的笑聲十分爽朗，接著說：「還好啦！我很喜歡這份工作，我喜歡送信。」

「咦！這幾位是？」羅門這才發現家裡多了幾位他之前送信給素心阿嬤都沒見過的人，便開口問道。素心阿嬤便一一向羅門介紹自己的家人，也順便介紹了一下羅門給孩子們知道。

「送信很好玩嗎？」廖大豪對於郵差的工作很好奇，鼓起勇氣問。

「送信很有趣，可以認識很多人，尤其是當某些人收到重要的信，他們臉上的喜悅表情會讓我很有成就感。」羅門說的真切。

「聽起來好像很有趣。」廖大豪想像起郵差的工作，似乎真的如同羅門所說。

廖爸爸見兒子又好奇起來，但他可不希望自己的兒子從此立志當郵差，連忙插話：「但是也有很多辛苦的地方，像是大雨天還要送信。」

「是啊！但是這年頭哪有什麼工作不辛苦的，混口飯吃，盡力而為囉！」羅門對於自己的生活，沒有什麼太大的抱怨。

「好，我差不多該走了，還有十幾戶人家的信件要送。」屁股還沒坐熱，外頭風雨還沒退，羅門便急著要返回工作崗位。

「再多坐一會兒吧！」水生伯好心勸他，跟著說：「反正我們這小地方，沒什麼要緊兒的事兒，這雷陣雨不到半小時就會停了，你也不急著這一時。」

風大雨大，這裡有熱茶、毛巾，還有陪伴自己說話的人們，羅門當然巴不得多留一會兒，可是他的責任心不允許他這麼做。但見水生伯等人盛情難卻，他也就留下來多跟大家聊聊。

「所以素心阿嬤兩位女兒平常都住在台北？」

「是，說來也巧，我們都嫁給台北人。」廖媽媽說。

「台北不錯，聽說那邊有很多工作機會。」

「羅門有打算來台北打拼看看嗎？」廖爸爸見這個年輕人個性似乎不錯，提議道。

「想是想過，但最後還是決定留在中部。」

「為什麼？」段媽媽很好奇，因為她以前住在大林村，村裡的年輕人有一半以上都

很嚮往台北的生活。那裡有最多的資源，有最多的工作機會，感覺充滿希望。

羅門喝了一口茶，說：「到台北要煩惱生活費、住宿費，找到的工作也不見得喜歡。我現在住在自己家裡，省了住宿費，每天還能吃到老媽親手煮的飯。送信的工作雖然賺不了大錢，但是生活穩定。」

「你就沒有比較大的理想嗎？不想多賺一點錢？」廖爸爸不是很能苟同年輕人空有青春卻不打拼，有點不客氣的追問。

羅門頓一會兒，對於這些念頭，他也不是沒有想過，只是每每被問及，他確實會有點猶豫，掛著淺淺笑容說：「我有理想，只是我的理想不是賺錢。」

「那你的理想是什麼？」

「可能我從小就覺得郵差的工作很有趣，所以後來自己也當了郵差。但是我發現郵差還是有些工作沒有辦法做到，而我發現有些事情如果能做到，應該能讓更多人過得方便。所以我希望未來可以開一間快遞公司，幫忙大家遞送想要交到對方手上的東西。」

「這可是一門好生意！」廖爸爸想到背後的收益，說。

「或許吧！」羅門所著重的，跟廖爸爸所著重的，顯然不同。

雨勢轉小，即將停歇。

「麻煩了。」素心阿嬤走進房間，拿了一封信出來，交給羅門。

羅門還沒接下素心阿嬤的信，見到素心阿嬤拿信出來，他心底又冒出那個他早就想要問個明白的問題。

從羅門來到這個地方擔任郵差開始，他每週總會有經過素心阿嬤家的時候，而素心阿嬤這邊都會交給他一封信，請他投遞。因為離大林村最近的郵筒有好段距離，得到隔壁鎮上才行。

每一次的信所寄送的地址都是同樣的地址，然而，自羅門工作這半年來，他從來沒有見到任何一封來自這個地址的回信。素心阿嬤依舊每週都會給羅門一封信，有時候羅門真想問問，究竟這些信是寄給誰。可是，或許就是因為有點奇怪，反而讓羅門問不出口。

阿家在母親身旁，見到那封信，輕輕咬牙，關於這封信的秘密，連他這個當兒子的也不知道。

廖媽媽身為家中大姊，她察覺到弟弟的表情異樣，但她沒有當下挑開來說。

羅門接下信，對素心阿嬤說：「照舊，對吧！」

素心阿嬤對羅門微笑著點點頭。

第七章
誰來晚餐

段小雪用手戳戳廖大豪的背，兩個孩子坐在稻田邊，稻田裡頭有頭大水牛，一位牧牛人躺在牛背上休息。

水牛一點也不覺得重，任勞任怨的讓主人躺在他身上。揮動著尾巴，趕走一些惱人的蒼蠅，除此之外腳步沒有移動，讓主人能安穩的在牠身上補眠。

自從羅門來了那一趟，家裡的氣氛開始有點轉變，孩子們不懂其中原因，但至少他們能夠知道那種不好的、灰暗的感覺叫人不開心。

段小雪和廖大豪，很識相的走到屋子外頭，他們年紀還小，沒有辦法承受大人們不發一語的低氣壓。

「你不覺得有點奇怪嗎？」段小雪問廖大豪。

「是有一點。」

「你不想知道是怎麼回事嗎？你這個好奇寶寶。」

「我也不知道。」

「你是說不知道怎麼回事，還是？」

「我不知道自己想不想知道。」廖大豪說，又補充：「大人們總是喜歡把事情藏在心裡，我們問他們也不會說的。」

「也是。」

第一次，段小雪認同表哥說的話。在家的時候就是這樣，爸爸媽媽偶爾會爭吵，偶爾會彼此都不講話，段小雪問爸爸也好，問媽媽也好，他們都是陪笑以對，好像以為只要堆滿笑容，就能讓孩子忘記眼前所見一切。

「當大人都這麼麻煩嗎？我不想當大人。」

段小雪倒吊在芒果樹的樹枝上，對坐在樹枝旁邊的廖大豪說。

廖大豪微微臉紅，撇過頭去。

「你幹嘛不講話？」段小雪見表哥表情有異，問道。

廖大豪指著段小雪下半身，只見段小雪穿著洋裝，卻一點兒女孩子基本的禮貌也不注重。倒吊在樹枝上，裙底風光毫不遮掩的暴露在外頭。

段小雪俐落的從樹枝上轉了一圈，跳到地上，回頭對廖大豪說：「有什麼關係，你們男生可以倒吊，女生就不行嗎？」

「我不是這個意思，但我聽老師說女生這樣不好。」

「那女生應該怎樣比較好？」

「老師說女生應該上學都要帶手帕、衛生紙，講話不能太大聲，也不能在走廊上跑跑跳跳，要端莊、安靜……」

廖大豪說了一大串，段小雪聽得耳朵都痛了，每一句話她都不認同。

「哼！不公平！我也要當男生。」

段小雪不甘心的說，畢竟那些話雖然她不認同，但學校老師確實老是對班上女同學吩咐這些生活規範。

相較之下，男生就可以在操場上野，把身上弄得髒兮兮的也沒關係。

「可是，偶爾我也會覺得當女生比較好。」廖大豪說話的表情倒也不像是安慰表妹的意思。

「當女生哪裡好？」段小雪對於男生的想法有點好奇，問道。

「譬如中午要抬蒸飯的便當，或是要做些比較髒的打掃工作，像是清水溝之類的，老師都會叫男生去做。而且男生好像都要出去上班，我看我爸爸都是早出晚歸的，好像有很多事情要忙。媽媽、女生好像都可以待在屋子裡頭，乾乾淨淨的，不用在外面『走跳』。」

「你的台語真不標準。算啦！反正如果有一天讓我拿到阿拉丁神燈，我一定要向神燈精靈許願讓自己變成男生。」段小雪不忘諷刺一下表哥，說。

「你有看過《天方夜譚》，我也好喜歡那本書唷！」廖大豪以為遇到同樣喜歡讀書的人，對表妹說。

「看過，但我沒有很喜歡看書，不像你，書獃子一個。」

「那我們交換好了，妳當男生，我當女生。」

廖大豪雖然知道這不可能，還是把這個願望說了出來。

「呵呵！不要，你變成女生一定很醜，到時候害路人眼睛都瞎掉就不好了。」

段小雪笑說。廖大豪想像自己穿洋裝，和媽媽一樣塗上口紅、腮紅的畫面，好像真的不大美觀，也跟著笑了出來。

素心阿嬤中午回到房間睡午覺，素心阿嬤家三姊弟連同廖爸爸一起坐在院子外，水梨園中用木板隨意搭蓋，給工人休息用的簡易涼亭，談論起這一趟回家，除了媽媽生病以外，也很重要的事：關於哪天素心阿嬤離開人世，阿嬤的遺產問題。

阿家個性直接，而且對這個問題也思考了相當一段時間，所以雖然有廖爸爸這半個外人在場，但他還是毫不避諱的，當著大家的面直接把想法說出來。

「大姊、二姊，這次我打電話叫妳們回來，一方面是因為媽媽的身體其實越來越不好了。上上禮拜在果園還昏倒，把大家都嚇了一跳。想想媽媽也已經六十歲有了，以後還有多少日子，誰也不敢保證……」

大姊打斷阿家的話，說：「呸呸呸！媽媽的身子很硬朗，你不要說這些無聊的話。」

二姊看待這件事情比較理智，對大姊說：「姊，我懂妳的意思，而弟弟他也沒有惡

意。有些事情現在不處理，等到老人家出了什麼事再處理，到時候一堆麻煩，還不是我們三姊弟要一起承受。所以現在大家講開了也好，都是一家人，哪有什麼好顧忌的。」

話才說完，她看見廖爸爸，這沒有血親的親人，有點覺得自己說的不大對。

廖爸爸很識相，沒等其他人說話，就先表達意見：「這本來是你們的家務事，但大美跟我結縭十多年，我想她的事就是我的事。素心阿嬤是你們的母親，所以我不會表示什麼意見，我只是就一個親人的角度關心而已。」

見姊夫已經先聲明自己的立場，段媽媽和阿家也都放心下來，更加直接的談論這個問題。

阿家見大姊有點誤解自己的意思，又說：「我不是詛咒媽媽，我也希望媽媽長命百歲。本來我對於媽媽哪天要是離開我們，媽媽遺留下來的財產等等要怎麼處理，我都不會有什麼意見。可是，我只擔心一件事。」

「什麼事？」大姊不快的問。

「大姊、二姊，妳們離開大林村到台北生活都有十年左右的時間，大概從你們離家之後，我漸漸發現媽媽有個習慣，就是媽媽每隔一段時間就會寄出一封信。」

「這倒是有點奇怪，但媽媽也許有同輩的朋友，只是我們不知道。」大姊替媽媽抱不平說。

阿家搖頭說：「本來是這樣就簡單了。只是剛開始我沒注意到，因為媽媽可能兩個月，甚至三個月才寫一封信。但是最近半年，媽媽寫信的次數頻繁起來，我才發現到其中有古怪。」

「什麼古怪？」廖爸爸聽到這邊，感興趣起來。

阿家白了姊夫一眼，心底唸著：「你一個外人是來插什麼嘴。」廖爸爸有自知之明，咳嗽一聲，又沉默了。

「每封信的地址都是同一個地方，而且媽媽這麼多年來少說寄了上百封信，可是我從來沒有收到任何來自這個地址的回信。」阿家接著說。

「難道就是中午那個郵差帶走的那一封？」

阿家慎重的點頭，可見那封信在他是多麼重要的一個秘密。

「我們直接去問媽媽不就得了。」

大姊見妹妹和弟弟兩個人竟然懷疑起自己的親生母親，好像母親隱瞞了什麼不可告人之事，氣憤的說。

「我問過，但媽媽只是不說，便把我敷衍了過去。」阿家嘆氣道。

「究竟媽媽的信是寄給誰呢？」三姊弟內心浮現同樣的疑問。

而這個疑問漸漸發酵，他們開始想像出很多畫面。

「難道這封信是寄給媽媽的親戚？記得在台灣還有一位舅舅。可是……聽說舅舅幾年前已經過世了。」「難道是關於水梨生意嗎？但這些事情都已經交給水生伯處理了。」……

「到底是什麼事呢？」直到晚飯時間，大人們還在思索著這件事。

也因為這樣，這頓晚飯他們吃得好不專心，素心阿嬤和靜芬辛苦炒的蔥爆羊肉，他們吃在嘴裡，卻嘗不到一點兒滋味。

段小雪和廖大豪，他們也不敢作聲，只是覺得怎麼自己的父母這個晚上沉默的像是土地公廟外頭的小黃狗，不管村民誰從牠面前走過去，牠都只是微微搖了兩下尾巴，就繼續趴在那塊牠專屬的紅磚台階上。

「你們怎麼了？」素心阿嬤有點憂心的問著在座的兒女們。

「媽，沒事，您快吃吧！」阿家說。

「可能今天大家都累了。」段媽媽接著說。

「呵！是啊！下午我們出去走走，可能是太陽太大把我們都曬暈了。」廖爸爸見妻子還在氣妹妹和弟弟對媽媽不敬的事，打圓場說。

素心阿嬤冰雪聰明，活了一把年紀怎麼會看不出兒女們肯定是有心事。但她也不打算要孩子們告訴她，她知道現在年輕人的煩惱，不見得是她老人家能明白的。但她衷心祈求上蒼，保佑她的兒女和孫子輩們能夠永遠幸福、快樂。

晚餐，看似坐滿家人，實際上卻只有素心阿嬤、段小雪與廖大豪的心真正在餐桌上。

第八章 信件之謎

阿家一直陪伴在素心阿嬤身邊。

當周圍跟自己一起長大的年輕人，有的選擇離鄉背井去大城市工作，他選擇待在家鄉繼續種水梨。

面對母親，他不敢造次，不敢把心中的問題拿出來問，因為他尊敬母親，也敬畏母親。

素心阿嬤為全村人所付出的一切，得到全村人的一致擁戴。阿家作為素心阿嬤的兒子，很為母親感到驕傲。

他的理智告訴自己不應該懷疑母親，但想到遺產，以及那一封封充滿秘密的信件，他又不能不去懷疑。

本來他什麼也不敢說，但現在有了二姊站在他這一邊，而大姊雖然始終沒有表態，但經過那次他把原委說清楚後，他知道大姊也跟著動搖了。姊夫嘴巴上說沒有意見，可是實際上呢？

就在昨晚，阿家偷偷在私底下把廖爸爸拉出來聊。

「孩子睡了吧？」

阿家趁廖爸爸在刷牙的時候，把他叫過來。

「嗯！」

廖爸爸猜到阿家的來意，但他不好說出口，也怕自己說錯話，於是打算在阿家自己露出口風之前，他什麼也不表態。

「姊夫，你是讀過書的人。今天下午我提的事情，你怎麼看？」

阿家特別先稱讚了廖爸爸一番，儘管沒有滔滔不絕的頌詞，但「讀書人」這個稱號可著實打中廖爸爸的虛榮心。

「好說好說，這個嘛……我自然是有些想法。」

「喔？姊夫你快說！」

「咳咳。」

廖爸爸咳嗽兩聲，像是一位正要開始講課的老師。接著說：「我以為有些事情，我們中國人不方便說，但事情不說便解決不了。小舅子你今天明白把遺產這件事提出來，我覺得很勇敢，很前衛。」

「姊夫，你過獎了。我只是覺得這應該是我們全家人的事兒，假如我們家人之間都不商量好，那怎麼行，你說是嗎？」

人心說變就變，下午阿家把廖爸爸當成外人，還過不到十二小時，又把廖爸爸畫進全家人的範圍。

「總之，還望姊夫多多幫忙。大姊她是個明理的人，只是有時候太感情用事了。這方面還望姊夫多多提點提點。」

「我盡力而為。」廖爸爸答允道。

「謝謝姊夫，既然大家是一家人，以後有什麼需要幫忙的盡管說！」

廖爸爸和阿家談笑風生，兩個男人達成了彼此的共識。

只是有件事情他們沒有注意。

察覺到異狀的素心阿嬤，平常七八點就已經就寢，可今天因為晚飯的情況，她說什麼也睡不著，因此出來散步，想讓自己的心沈澱一下。

阿家和廖爸爸都以為素心阿嬤此時應該在房間內就寢，沒察覺到母親就在洗手台的紅磚矮屋外不遠處，兩人的對話內容全被她聽得一清二楚。

素心阿嬤不作聲，繼續附耳聽著。

阿家又說：「關於信件的事，姊夫怎麼看？」

「我以為這件事應該儘速查清楚，因為我想如果不是很重要的人，一定不可能長期這樣寄信。嗯……萬一，這個萬一……」

「姊夫，你所謂『萬一』是？」

阿家提著一顆心，他心底有個答案，但他不曉得廖爸爸設想的答案跟他的是否一致。

「萬一這封信的對象是某個與母親有親戚關係的人，那對於財產的問題可能就有不少麻煩。雖說親生子女基本上無論如何都分得到，但重點不是分不分得到，而是……分到多少！」

「對啊！姊夫所言真是太符合我所要表達的了。」

「如果是一個人還好，萬一是一家子人。你想看看，這二一添作五，一個西瓜剖半，天知道最後像你這樣辛苦服侍她老人家的親生兒子能分到多少呢？」

想到現實問題，阿家早就擔憂了好一陣子，現在廖爸爸當著他的面把他心裡話說出來，阿家更加覺得這個問題非得解決不可。

「可是，要怎麼做才能知道那封信的內容是什麼呢？寄給誰呢？」廖爸爸想到關鍵處，也拿不出什麼好主意。

阿家在廖爸爸旁邊跟著想，兩人沉默下來。

阿家和廖爸爸沒有意識到素心阿嬤就在附近，聽著他們的對話。素心阿嬤也沒有意識到有個小傢伙半夜偷溜出來，就在素心阿嬤與兩位男士附近。

段小雪晚上湯喝得多了，都已經上床準備睡覺，臨睡前卻突然尿急。段媽媽累了一天，又煩惱弟弟下午說的事。段小雪膽子大，不怕黑，於是段媽媽放女兒一個人去廁所。

段小雪才踏出西廂房，就見到姨丈和舅舅在那裡說話。

她不想打擾他們，所以繞了一段路，從屋子後方的小道走過去。

誰知道接近廁所的地方，只見素心阿嬤落寞的身影，一個人倚靠在牆邊。

「外婆，妳在幹嘛？」

段小雪輕手輕腳的走過來說。

素心阿嬤被段小雪嚇了一跳，她不想讓孩子聽見大人們說的那些不屬於孩子們應該知道的話題。

素心阿嬤把段小雪拉到身邊，跟自己一塊兒往回走。

段小雪說：「外婆，人家要去廁所啦！」

「這邊都是草叢，妳就在這邊隨處上吧，沒關係。」

段小雪膽子雖大，倒還不至於連一點道德禮法都不懂。學校老師和家裡爸媽都沒這麼教，她有點不好意思，不知道該不該答應素心阿嬤的建議。

可是尿意越來越強烈，最後段小雪也顧不了那麼多，見一塊落在黑影中的草叢，鑽了進去。

水聲不大，靜謐的夜晚更是被月亮都以高掛天上，仍不休息的蟬鳴聲給掩蓋過去。

素心阿嬤待段小雪上完廁所，陪著她走回房間。

段媽媽正在擦保養品，聽見女兒的腳步聲，朝門外說：「小雪，怎麼上個廁所花那麼長的時間？」

段小雪走進房門，對媽媽說：「剛剛遇到外婆，她帶我慢慢走回來。」

「什麼，媽那麼晚還沒睡！」

段媽媽驚訝的說。

「是啊！而且外婆的表情看起來好像怪怪的。」

「哪裡怪？」

「就，沒什麼精神的樣子。」

段小雪還不知道該怎麼運用詞彙去形容她從素心阿嬤接收到的感情訊息，但她至少知道素心阿嬤不開心。

孩子純潔的心靈就像一面鏡子，可以感受到一切的情緒，只是礙於懂得的語言表達能力還很有限，沒有辦法完整的表達出來。

大人雖然有比較好的語言表達能力，但心靈卻因為社會與價值觀而不再如一面清澈的鏡子，許多事情都反映不出來了。

「我想到一個好主意了！」

廖爸爸腦海中浮現一個想法，不小心提高音量說。

阿家趕緊對廖爸爸比了一個小聲點的手勢，然後迫不及待的問：「姊夫，你想到什麼主意？」

「還記得中午見到那位年輕的郵差嗎？」

「你說羅門？」

廖爸爸點頭說：「郵差對於信件應該很瞭解，我們去問問他相關的細節，他或許會知道。當然他可能不知道信的內容，但如果我們能知道信是寄到哪裡去，至少也是個線索。」

阿家覺得姊夫提的主意實在太棒了，雙手一拍，說：「姊夫，這麼好的主意我怎麼沒想到。哈哈，我書果真唸得太少了。」

於是，阿家和廖爸爸商量好，明天一早就去找羅門問個明白。

第九章
不和睦的兄妹們

「浪子的心情，親像天頂閃爍的流星。浪子的運命，親像鼎底螞蟻的心裡。我嘛是了解，生命的意義。我嘛是了解，七逃無了時。我嘛是想要，好好來過日子。我嘛是想要，我嘛是想要，重新來做起。誰人會了解，誰人來安慰，我心內的稀微。」葉啟田的歌聲，振奮著年輕人一顆想要闖蕩的心。

郵差沒有暑假，至少有週日這一天可以休息。

羅門是個對大城市沒有特別嚮往的年輕人，但年輕人還是有年輕人的愛好。

他用工作攢下的錢，為自己買了一個頗為流行的卡帶式隨身聽。坐在窗邊一邊聽收音機，一邊看書，還挺有點時髦的感覺。

「叩叩！」

門外響起敲門聲，但羅門帶著耳機，根本沒聽見。

羅媽媽上菜市場不在家，羅爸爸正在後院遛鳥，聽見前面有人敲門，絲毫不想答理，他想兒子應該會去開門。

「叩叩！」

接著又是兩聲，羅爸爸忍不住叫喚兒子：「羅門，有人敲門你沒聽見嗎？」

「唉！現在的年輕人。」

羅爸爸見兒子沒有回應，拎著鳥籠走到門外。見到阿家和一位不是很熟悉的男士，連忙說：「稀客稀客，阿家你怎麼跑來了？」

「羅伯伯，我們是來找您家公子的。」

「小犬正在書房，我去叫他，你們進來坐。」

廖爸爸和阿家對看一眼，回絕道：「不了，有些事情想找您家公子談談，不會花太多時間。」

羅爸爸見兩人神色不大自然，但也想不出有什麼壞事，把兒子叫了出來。

羅門穿著深色短T恤，十足年輕人打扮。

「咦！你不是素心阿嬤家的阿家大哥，還有廖大哥，你們怎麼跑來了？」羅門見到兩人，不明就裡的問。

「羅門老弟，有沒有空賞臉，一起找個餐廳吃點小菜，喝兩杯小酒，如何？」阿家想和羅門搏感情，這可是他的強項。

脖子上還掛著耳機，羅門搔臉，丈二金剛摸不著頭腦，渾然不知這兩個跟自己沒有什麼交集的人究竟找他要幹嘛。

雖然年輕，社會歷練不足，但他也懂一般沒有關係的人往往是無事不登三寶殿，絕對是有什麼要事才會如此殷勤。

羅門純粹是對於兩人背後的企圖感到興趣，所以雖然心中有點不安，還是跟著兩個人去。

羅門家就在大林村的邊緣區域，這邊住的人家不多，卻自成一個小天地。離他家最近的餐館有走路約半個小時左右才能到的距離，三個男人有說有笑，這三十分鐘過得倒也挺快。

表面上說說笑笑，羅門心底可是有越來越多問號，從對談中，他更加不能理解到底自己是怎麼變成兩位長輩眼中的座上賓。

走進餐館，阿家和廖爸爸為羅門倒了滿滿一杯台灣啤酒，杯中放上幾塊冰角，每一

口都無比消暑。

兩三杯黃湯下肚，三個人聊得開了，羅門的警戒心也放鬆不少。

「那天我見羅門老弟冒雨前來，真的是佩服死了。我像你這麼年輕的時候，可沒這種衝勁。」

「是啊！你當郵差太可惜了，應該自己出來當老闆。」

廖爸爸和阿家連聲讚美羅門。兩人見羅門放鬆下來，話鋒一轉，問說：「對了，我看我母親每週都會託你送信，你還真的是不辭辛勞，一次也沒抱怨。每次拜託你，大哥我都覺得有點不好意思，應該我們自己送的。」阿家為羅門剛乾下去的酒杯又倒滿。

「沒有什麼麻煩的，只是素心阿嬤還真怪。」

羅門聽見關於信的事，這也是他很好奇的一件事。聽阿家說起，他趁機問道。

「喔！哪裡奇怪？不就是信。」

「素心阿嬤寄的信都是同一個地址，可是我在郵局工作都超過半年了，卻從來沒有收到任何一封來自這個地址的回信，你說這奇不奇怪？」

「還有一個奇怪的。」

「什麼，你倒是說說。」

「就是素心阿嬤寄的信都沒有收件人，只有寄件人。這也很奇怪，阿嬤就不擔心對方收不到嗎?」

「喔……」

阿家和廖爸爸沉吟著，思考其中古怪。

「我母親的信都寄到哪裡呢?她老人家總是不讓我們看。」阿家自怨自艾的說。

「啥!你不知道啊!」

羅門聽阿家說他不知道，很是驚訝，他想怎麼會有兒子不知道自己母親頻繁寫信的對象住在哪裡。

「那羅門老弟，你倒是說說地址是哪裡?」

羅門雙眼緊閉，皺眉回想著，說:「我想一想。」

大人們都不在家，又碰巧是禮拜天，全村人這一天都會休息，果園中空空蕩蕩，只

有負責輪到要巡邏的村民，會在外圍出入口看著，防止有人來偷水果。

素心阿嬤照料完兒女們吃完早飯，看著他們離開，家裡剩下兩位孫子、孫女陪著她。素心阿嬤想起昨晚兒子和女婿的對話，面有愁容。

廖大豪見到素心阿嬤的表情很是難過，走過來對阿嬤說：「阿嬤，妳身體不舒服嗎？」

「大豪好乖，阿嬤沒有不舒服，只是有點累。」素心阿嬤抓起廖大豪的小手，輕輕撫摸他的手背，說。

段小雪和廖大豪感情一天天好起來，從陌生的表兄妹，經過這段時間相處，倒是有點親兄妹的味道。

不過，從另外一個角度看，強勢的段小雪或許更像是姊姊，而廖大豪則像是逆來順受的弟弟。

聽到廖大豪問的問題，段小雪不客氣的走過來，對廖大豪說：「你問的問題好爛！阿嬤這個樣子當然不會是不舒服，肯定是有心事。」

「呵呵！妳怎麼知道阿嬤有心事？」素心阿嬤驚奇的問。

「因為我媽媽有心事的時候就是這個樣子，而誰問她怎麼了她都說沒有。」段小雪把她自己的觀察說出來，毫不避諱。

「唉！沒想到孫女比親生女兒更瞭解我啊！」素心阿嬤內心感慨著說。

「來，外婆有話要對你們說。」

素心阿嬤領著廖大豪和段小雪，走進自己房間。

素心阿嬤的房間很儉樸，床就是床、桌子就是桌子、衣櫃就是衣櫃，所有大小事物整理的一塵不染，且沒有任何額外的裝飾品。

走進房間，素心阿嬤從衣櫃中拿出一個鐵盒子，她打開鐵盒子，裡頭有成綑的信封，以及數十張郵票。

每一張郵票都有精美、細緻的印刷，廖大豪一看到，非常好奇的走過來，對著郵票猛看。

素心阿嬤拿起信封和郵票，交給廖大豪一份，又交給段小雪一份，說：「你們有寄

過信嗎？」

廖大豪和段小雪都搖搖頭。

「寄信是很重要的一件事，透過信我們可以把訊息傳遞給別人，可以把事情讓住在幾百里外的人知道。那你們有寫過信嗎？」

「我有寫過。」段小雪舉手說：「有一次作文課，老師要我們寫信給爸爸和媽媽。」

「好好好，那大豪呢？」

「我曾經想要給聖誕老公公寫信，可是信還沒寫完。」

「為什麼沒有寫完呢？」

「因為想要的東西實在太多了。」廖大豪有點不好意思的說。

「呵！有夢想很好，以後你會擁有的東西也會越來越多。」

「外婆，我有一個問題想問。」

「你說。」

「人一定要唸書才會成功嗎？我爸爸經常叫我要好好唸書，可是有時候我不是真的想唸書。」

「你不喜歡唸書嗎？」

「喜歡，可是我喜歡看的是自己想看的書，不是上課的書。我討厭考試，可是爸爸一天到晚叫我要準備考試。」

「時代不同啦！」

素心阿嬤想到自己年輕的時候，要找份工作可以憑著苦幹實幹的精神，可現在的孩子有考試壓力，初中考完還有高中，高中考完還有大學，唸書量的要求比她小時候多太多了。

素心阿嬤對自己的孩子們沒有在唸書方面太大的要求，只希望他們能盡力唸上去，憑著自己的努力，並且也願意付出這方面的努力，她就會守候在孩子身邊，盡可能提供幫助。

儘管自己認得的字也不多，不是很有涵養的人，但對於孩子們的付出和關心，素心

阿嬤視為自己辛苦打拼最重要的使命。

又拿出一疊信紙，紅色的線條，一條線一條線在白紙上開出一條條給文字經過的道路。

素心阿嬤撕了幾頁信紙，分送給廖大豪和段小雪，說：「這些信紙你們拿去，外婆想請你們為阿嬤寫信。你們信寫好了，就拿來給外婆看。」

「那要寫什麼呢？」

「寫什麼都可以。」

「那有規定要寫給誰嗎？像是聖誕老公公？」

「沒有規定，你們要寫給誰都可以。」

「那我要寫給教育部長。」段小雪有點不大高興的說。

「寫給教育部長，你想幹麻？」廖大豪問。

「我想告訴他不要叫老師打我們、罵我們，給我們出好多作業，這樣好累喔！」

段小雪想到暑假功課一個字都還沒寫，頭痛起來。

正當素心阿嬤的三位兒女因為未來可能發生而尚未發生的事情煩惱著，彼此以不同的立場對立著，他們的兒女卻跨過一個世代，用真誠的心和自己的外婆交上朋友。不和睦的風暴，以及和睦的暖風都來到素心阿嬤的家。

第十章
分崩離析的家

「大姊……」

小美見到姊姊，想叫住她，可是大姊好像沒意識到有人叫她，逕自從妹妹面前走過去。

回到東廂房，大美見到丈夫不在，一屁股坐在床上，惱怒的往棉被上一拍。

她發現自己在這個家像是被孤立了，丈夫和妹妹與弟弟連同一氣，想要在媽媽還在世的時候就把遺產的事情弄清楚。

大美也不是不曉得事情的重要性，以及未來的不確定性。素心阿嬤辛苦大半輩子，養育他們三姊弟長大，這是多麼艱難的一件事。

正因為如此，大美更覺得他們不應該去跟媽媽要什麼。

就算媽媽真的不留下遺產給他們，光是養育他們長大的恩德，就足以令三姊弟一生感念。

然而，這些想法之外，大美內心還是有欲望，還是有貪念，也還是有擔憂。

她覺得自己的想法變得好矛盾，好像偶爾傾向妹妹和弟弟那邊，希望可以把遺產的

事情弄清楚；偶爾又要面對自己內心冒出來的聲音，告訴自己不應該把滿足物質需求的主意動到媽媽身上。

無論大美怎麼想，有些事情當她還在煩惱的時候，其他人早就已經展開行動。

羅門沒有太多應酬的經驗，幾杯黃湯下肚，整個人臉紅脖子粗的，攤在桌上動也不動，嘴裡頭喃喃唸著沒有人聽得懂的話，醉得很徹底。

阿家見羅門這個樣子，「哼」了一聲，說：「小伙子就是小伙子，就這點酒量便不行了。」

「阿家，你還別說他年輕，我酒量也沒你好啊！」

「嘿！總而言之最重要的消息到手了，現在我們也能盡情的喝囉！」

「好，我們乾一杯。」

阿家將剛才羅門寫在紙條上，關於母親寫信，收件人的地址小心翼翼的收進胸前口袋。舉起杯子，和姊夫乾杯。

兩個大男人彼此攙扶，唱著歌走在回家的路上。可能真的喝得多了，還沒到家便有點腳軟，躺在半途一處路旁，在樹蔭底下休息。

廖大豪和段小雪，他們正在進行暑假以來第一次和作業最有關係的活動，練習寫信。

他們坐在素心阿嬤房間的方桌，兩人對坐。

「唉呀！」

廖大豪對於拿筆寫字一直不大在行，一般國小學生使用的國語練習本，都有一個又一個的格子，但素心阿嬤提供的信紙只有一條條直行。

廖大豪掌握不住字與字的間距，寫的每個字均大小不一，歪七扭八。

段小雪不常讀書，大字認不得幾個，但是她寫字的速度很慢，每一筆、每一畫都寫得很仔細。

字雖談不上好看，但至少相當工整，讓看的人能夠一目了然。

雖然在寫字這方面輸給表妹，長年閱讀累積下，廖大豪比較有想像力。

表妹寫沒幾個字，就開始發愁接下來要寫些什麼。廖大豪已經快要寫完一大頁的

信。

「表哥，你的速度真快！」

段小雪瞥見廖大豪已經寫了有她兩倍多的字，忍不住驚呼。

廖大豪聽表妹稱讚他，頗得意的說：「還好啦！我可以教妳唷！」

段小雪本來還想多說些什麼，聽廖大豪那麼臭屁，轉了一個方向說：「我才不需要你教呢！哼！」

廖大豪見自己好心被狗咬，聳肩對素心阿嬤投以無辜的眼神。

素心阿嬤竊笑，她很享受看顧兩位孫子的時光。孩子的單純，沖淡大人們爭奪財產的不純動機。

「大美、小美，還有阿家，他們小時候也是像大豪和小雪現在的樣子呢！」

素心阿嬤坐到兩個孩子身旁，看看兩個孩子寫些什麼。

段小雪的信收件人是給「爸爸」，廖大豪的竟然也很湊巧，也是寫給「爸爸」。

儘管收件人稱謂相同，廖大豪和段小雪所要表達的想法卻截然不同。

爸爸，為什麼你不常回家呢？我和媽媽在家都很寂寞。週末的時候，我好想跟你一起出去玩。其他同學的爸爸都會帶他們出去玩，可是你都不會，連假日都要工作，都不理我們。媽媽很可憐，你不在的時候她都會偷偷哭，我有看到。爸爸，我好想念你，好想每天都跟你一起吃晚餐……

素心阿嬤讀著孫女對父親的思念，透過文字，她可以想見女兒在台北過的生活不是很好。

女婿雖然是個事業有成的生意人，可是對於經營一個家，那不是可以用金錢來衡量的。

賺錢多少，跟一個家維繫的緊不緊密，全然兩回事。

段小雪身上穿的衣服，段媽媽那一堆保養品，這些東西都可以用金錢買到，可是金錢買不到陪伴。

所以段小雪身上穿著一般家庭沒有辦法供給給孩子穿的華服，可是穿著華服沒有辦法讓人感到不寂寞。

轉過頭，素心阿嬤讀著廖大豪信的內容。

> 爸爸，我心底有些話不知道該不該跟你說。我很喜歡爸爸，爸爸總是會買給我好多書，生日的時候還送我望遠鏡。我喜歡看書，那是因為爸爸你喜歡看書。我會讀書寫字，這都是爸爸你從小教我的關係。我很想念國小一二年級的時候，每天早上吃早餐，你都會唸報紙上重要的消息給我和媽媽聽，可是現在你不會了，你只會老

是叫我讀書。我喜歡讀書，可是你每次叫我讀書，我對讀書的喜歡就少了一點。我只是想讀自己想讀的書，不可以嗎？

爸爸，我好怕讓你失望，可是我又覺得自己肯定達不到你的標準。爸爸，我該怎麼做呢？其實我一點也不在乎要不要唸好初中、好大學，我只想快快樂樂的讀書……

素心阿嬤讀畢廖大豪的信，發現對於廖大豪而言，父親也是一個陌生的角色。

素心阿嬤知道女婿是個溫文儒雅的人。

可是不知道女婿竟然把自己的價值觀和個人期望全部灌注在一個才十歲的小孩子身上。

等不及兩個孫子寫完，素心阿嬤左右手抱住他們，將他們拉近到自己的懷中，對他們說：「你們好勇敢，阿嬤真以你們為榮。」

廖大豪和段小雪有點搞不懂自己為什麼被稱讚，可是聽到有人稱讚自己，他們都很開心。

等廖大豪和段小雪的信寫的差不多，素心阿嬤把信封和郵票交給他們，說：「現在你們把信寫好了，就把信給寄出去吧！寄到你想要讓他看信的那個人身邊。」

「表哥，我問你一個問題。」

「請問啊！」

「你知道我家地址門牌幾號嗎？」段小雪問。

「這個我怎麼會知道。」

廖大豪覺得段小雪問的問題好好笑。

其實段小雪問完之後，自己也覺得拿這個問題問表哥有點怪怪的，立刻換了一個話題說：「那你記得你家的地址嗎？」

「記得啊！台北市中正區……」

廖大豪沒多想，立刻將家裡地址背出來。

「中正區，那附近有什麼呢？」段小雪問。

「有總統府，還有中正紀念堂，我爸爸就是在總統府附近上班。」

「聽起來好像很了不起的樣子。」

段小雪有點羨慕的說。其實她覺得廖大豪的爸爸比較好，因為會陪著孩子身邊，而這也是她想要的。

從羅門那裡拿到關鍵性的地址，阿家下定決心要向母親問個清楚，求個明白。廖爸爸儘管站在阿家這一邊，但他也害怕阿家太衝動。

阿家走進正廳，在正廳與飯廳都沒有見到素心阿嬤，走到房門外，對裡頭敲門，說：「媽，你在裡面嗎？」

「唉！大呼小叫的。」

素心阿嬤一開始沒有下定決心要回話，但她也知道不能逃避該來的挑戰，來自子女們對於她老邁的年紀與身子所展開的一種企圖與期望。

當孩子們都還小的時候，素心阿嬤和丈夫努力賺錢，滿足孩子們教育上的需求，現

在孩子們又有需求了，可素心阿嬤有點擔心自己能不能給。

如果只是給孩子們金錢，那很容易，但素心阿嬤想要給孩子們的是更寶貴的 遺產。

錢有花光的一天，唯有給子女花不光的遺產，那才能讓他們永遠滿足。

可是這個素心阿嬤所設想的東西，現在還沒有任何人發現，並且願意從這個角度對去猜想，素心阿嬤的期待，只有她自己一個人知道。

素心阿嬤打開門，阿家從素心阿嬤的肩頭看過去，他看到素心阿嬤的桌面上有幾張寫有文字的信紙。

他大概是酒還沒退，也不問母親的意見，就走過去抄起信紙，對素心阿嬤說：「媽，您為什麼要寫這些信呢？您究竟有什麼不滿呢？如果您有不高興、有不滿都可以跟我和姊姊們說。為什麼您還要特別寫信給一個外人呢？」

阿家頓了一會兒，呼吸幾口氣，接著說：「媽，我有一件事老早就想問您了，現在可以請您告訴我嗎？還有姊姊們知道。」

阿家對素心阿嬤說了一大串，陳述他這幾年想要母親重視，想要解決的問題。

他沒有注意自己拿在手上，揮舞著的信紙根本不是素心阿嬤所寫，而是廖爸爸寶貝兒子寫下來要給爸爸的信。

第十一章
素心阿嬤的嘆息

素心阿嬤將阿家手上的信紙拿過來，放進信封裡頭，回頭將段小雪寫的信紙也放進信封裡頭。

信封上，素心阿嬤寫好地址與收件人，照往常一樣雖沒有特別遮掩，但也不給任何人見到。

走出門外，素心阿嬤見大夥兒都在正廳，她坐在那張已經用了超過三十年的藤椅上，對大家說：「孩子們，坐。」

原本還吵吵鬧鬧的阿家，見母親有話要說，而且態度從容中帶著一點威嚴，乖乖找了張椅子坐了下來。段小雪和廖大豪，他們站在素心阿嬤房間與正廳交接處的走廊上，靜靜聽著。

素心阿嬤環視廳內，眼光掃過每一位子女，緩緩說：「大家好久沒有像今天這樣聚在一起了。」

跟著又說：「我很高興，能夠還有機會見到孩子們，以及孩子的孩子們。」談及兩位孫子輩，素心阿嬤露出幸福的微笑。

微笑很快的收斂下來，素心阿嬤對著所有人，一字一句十分懇切的說：「唉！我年紀大了，許多事情可能不比年輕人來得明白。但有些事情，不是三言兩語能夠講得清楚的。我想有些疑問，大家當面談個明白對彼此都好，我想這也是今天阿家和大家要來找我的原因。」

凝視著跟在自己身邊多年的寶貝兒子，素心阿嬤說：「阿家，你是個善良的孩子，但是你可有相應的智慧去保有你的善良？你剛剛那樣大呼小叫的，可知媽媽心裡有多傷心？」

阿家聽到素心阿嬤的話，慚愧的低頭不語。二姊站在弟弟那一邊，弟弟被罵就好像自己被罵，當阿家低下頭，說不出話，她也跟著難過起來。

素心阿嬤似乎決心今天就要把事情弄清楚，給大家一個交待，所以也沒有責怪什麼，在場眾人都有一種感覺，感覺得到今天素心阿嬤接下來要說的事情肯定很重要。

「有些事情，要從三十多年前說起了……」

素心阿嬤拿起手上的信，放在身旁茶几上，指著信，又說：「這些年來我陸續寫了許多信，都是寄到同一個地方。我知道大家都對這個信的來由很好奇，今天就讓我說個明白。」

素心阿嬤家三姊弟坐在椅子上，此時身體都不自覺的往前傾，大家都怕錯過母親所交待的重要訊息。

「咳……咳……三十……咳咳……幾……年……前……」素心阿嬤想要說話，此時卻不住咳嗽起來。

「快幫媽媽倒杯茶來！」阿家喊著。

大姊見媽媽咳嗽，早就去後堂拿熱茶。

素心阿嬤越咳越難過，蜷曲著身子，一手輕輕拍打自己的胸口，好像呼吸霎時難以順暢。

二姊趕緊上前，幫母親拍背，可是也起不了作用。

大姊才剛把茶端上正廳，素心阿嬤已經難過的斜躺在二女兒懷裡。

廖爸爸見情況不對，拉著阿家上前照看素心阿嬤。段小雪和廖大豪此時也走過來，

站在素心阿嬤身邊，充滿擔憂的小眼睛盯著素心阿嬤，很是關心。

素心阿嬤眼神和藹的看著他們，像是在說「不要緊」，可是蒼白的面容，已經無法說服任何人相信。

在毫無預警的狀況下，素心阿嬤暈了過去，失去意識。

「媽！」

阿家跪了下來，大姊的眼睛頓時紅了，二姊哭喊著，大家慌成一團。

素心阿嬤倒下了，在兒女面前。

這個消息很快傳遍整個大林村，所有村民都放下正在處理的工作，把素心阿嬤家裡裡外外擠得水洩不通。

水生伯叫村裡的年輕人趕快去找隔壁鎮上診所的醫生，可這天偏偏是禮拜天，醫生不上班，還是特別到醫生家裡把人家給請來。

素心阿嬤躺在自個兒床上，水生伯雙手背在身後，憂心的看著老朋友，嘆氣說：「素心，妳辛苦了大半輩子，好不容易家裡也好，兒女也好，還有整個村子都因為妳的

付出而有所成就，妳可不能就這樣走了。」

廖媽媽，作為大女兒，她的心因為母親驟然倒下而堅定起來，決定不再和妹妹與弟弟隨波逐流。在她心中，遺產什麼的都已經不是最重要的了，廖媽媽一心只祈求上蒼讓媽媽趕緊好起來。

來回約莫一個小時，醫生才匆匆趕到。醫生穿著便服，帶著診療包，就這麼騎著腳踏車來到素心阿嬤家。都還來不及擦汗，他打開包包，拿出聽診器與手電筒，照看素心阿嬤的身體情況。

所有人都很關切，搞得醫生也很緊張。他聽過素心阿嬤的名聲，可也沒見過素心阿嬤幾次，畢竟素心阿嬤平時身體硬朗，根本不需要特別看什麼醫生。平常有點小感冒，自己休息兩天，多喝幾杯熱茶也就好了。

醫生稍事檢查後，問道：「請問這邊有這位女士的家人嗎？」

阿家舉手說：「我是，我是她兒子。」兩位姊姊也過來表示與素心阿嬤的親屬關係。

「這位女士之前可發生過類似的情況，昏倒之類的？」

「有有有，兩個多禮拜前曾經在果園中昏倒一次，但後來送去省立醫院檢查，醫生說只是太操勞了。」

「我想原因可能不單純，你們最好送省立醫院進行更加詳細的檢查會比較好。」

「那麼，我媽媽她？」阿家聽了半天，聽不到醫生說話的重點，更沒有說出生病的原因，抓著醫生追問。

「先生請放心，令堂身體暫時沒有大礙，我見她呼吸、脈搏、心跳都還算正常，只是可能受了什麼刺激，這才昏了過去。但短時間內發生兩次，肯定有其它原因，但這不是光靠聽診器和手電筒可以查看出來的。」

大姊把弟弟推到身後，對醫生九十度鞠躬，說：「謝謝醫生，我弟弟失禮了，請多包涵。」然後對弟弟與妹妹說：「待會兒送醫生出去，該給的診療費別耽誤了，順便送給醫生幾個大水梨。」

廖媽媽硬起來，好像回到小時候，她肩負起素心阿嬤在果園裡工作時，在家照顧弟弟與妹妹的重責大任。

段媽媽和阿家聽到姊姊的命令，都很識相的乖乖遵行。

廖爸爸平常在家是一家之主，老婆什麼都聽他的，他第一次見到妻子如此有威儀的樣子，頗有素心阿嬤在果園指導村民們栽種水梨的威風，霎時間有點不太適應，對妻子的態度更加敬重。

「哇！你媽媽好有氣勢喔！」段小雪用手肘頂了廖大豪一下，說。

「對……對啊！」

廖大豪也是第一次見到媽媽拿出長女的一面，看都看傻了。心裡這才明白平常媽媽可能都在讓著爸爸，讓爸爸維護一家之主的尊嚴。

鑽過人縫，段小雪和廖大豪來到素心阿嬤床邊，他們看著素心阿嬤，好奇的問：

「阿嬤是睡著了嗎？」

廖媽媽對兒子和外甥女柔聲說：「是啊！外婆睡著了。」

「外婆累了嗎？」

廖媽媽哽咽起來，她想到母親一大把年紀，卻要受到兒女們的質疑、不孝的對待，深感自己有愧長女的責任，只得勉強應了聲：「嗯！」

送走醫生，阿家慚愧之餘，他想事情結果還是沒有搞清楚。萬一素心阿嬤真的就這麼走了，那豈不是一切都要成謎。

正廳茶几上，還放著素心阿嬤寫好的兩封信，上頭有寫好住址與寄件人的信封。他見沒人注意，便把兩封信揣進口袋裡。

廖爸爸見素心阿嬤這邊已經沒有什麼他能幫忙的，於是走到正廳，阿家見到他，拿出信跟他說：「姊夫，既然事情都已經走到這個地步了，我看就趁媽休養的這段時間，我們自己去調查個清楚，怎麼樣？」

廖爸爸可沒這個膽子，見老人家倒下了，不敢再往下想。

段媽媽見到弟弟和姊夫又在竊竊私語，她現在全亂了主意，既不像姊姊那樣堅定的好像可以完全不過問遺產的事，卻又不能像弟弟和姊夫，可以為遺產把良心壓抑住。終於受不了內心的衝擊，在大廳猛然往桌子一拍，大叫：「真是夠了！」

素心阿嬤家門裡外的村民們都聽見段媽媽大聲咆哮，廖爸爸和阿家也看傻了眼。

段小雪聽見媽媽怒吼，衝出來卻見到媽媽失控的樣子，啞然說：「這不是平常的媽媽。」

廖大豪見表妹因為媽媽的樣子而露出驚恐的眼神，不自覺的牽起表妹的手，說：「不要怕。」

段小雪看著表哥的眼睛，如此溫暖而堅定，自己的心情好像也得到了平復，沒有那麼害怕了。

第十二章
信封上的線索

「我現在覺得待在外婆家不快樂了。」段小雪對廖大豪說。

「我也這麼覺得。」

「到外婆家之後，媽媽變了一個人。」段小雪嘟嘴說。

「我比你慘，我不但媽媽變了一個人，連爸爸都變了一個人。」廖大豪很苦惱，雙手頂著腮幫子。

表兄妹坐在素心阿嬤的房間，水生伯和村民們都已經回家，素心阿嬤的兩個女兒都累了，暫時各自回房休息，廖爸爸和阿家則是到外頭商量事情。

素心阿嬤的眼睛微微睜開一小縫隙，可體力看來尚未完全恢復，連轉動脖子要看看四周都很困難。

廖大豪觀察力很敏銳，察覺到素心阿嬤有不一樣，湊上前去看。

「外婆，外婆您醒了嗎？」廖大豪說，段小雪此時也湊過來，兩人的小臉擠在素心阿嬤眼前。

素心阿嬤的聲音細小的像是蚊子，對他們說：「大豪、小雪，外婆有件事想要拜託

你們。」

「外婆您儘管說。」

段小雪說話的樣子像是小大人，更有一股女中豪傑的氣勢，顯示出這一家生出來的女兒都特別堅毅過人。

素心阿嬤努力的深呼吸兩口氣，才又有足夠的能量繼續說：「外婆想請你們幫我寫封信，好嗎？」

「那有什麼問題！」段小雪拍胸脯向素心阿嬤保證。

廖大豪手腳快，打開衣櫃裡頭，拿出鐵盒子，備齊紙筆。

素心阿嬤氣若游絲，講話的聲音沒辦法太大，段小雪的耳朵貼在素心阿嬤嘴邊，然後段小雪再把聽見的話說給廖大豪聽。

廖大豪把聽見的話，一字一句寫在信紙上。一個說，一個寫，很快的就把信給寫了出來。

不到半個小時，素心阿嬤想要寫的內容，全部化成白紙上的藍色墨跡。

「謝謝你們，等阿嬤身子好起來，再帶你們去摘水梨。」

「好啊！只怕我到時候還是不夠高，摘不到。」

段小雪抬起手臂，示意水梨樹上的果實距離她能伸手搆到的高度還有一段不小的距離。

廖大豪對於自己剛剛寫下的信，其中內容覺得有點困惑，某些部份他好像看得懂，某些部份卻像是天書，沒有辦法瞭解素心阿嬤要表達的意思。

過了會兒，他只能選擇把信紙放進信封，跟著問：「沒有收件人的地址，那要怎麼寄呢？」

素心阿嬤點點頭，說：「這封信恐怕不能用寄的了，你們兩個小傢伙可以幫我親自跑一趟嗎？」

段小雪和廖大豪不是很明白素心阿嬤的意思，對望了一下。

「外婆，您是說要我們當郵差的意思嗎？」廖大豪用他的理解問道。

「呵呵！是啊！你們願意嗎？可是不能讓你們的爸爸媽媽知道。」

「那其他大人呢？」

「也不行。」

「這簡直就是《湯姆歷險記》裡頭的劇情嘛！」

廖大豪和段小雪很有默契的異口同聲說，剛好這是他們的老師都曾經指定他們要唸的書。

對於孩子而言，充滿冒險的旅程是神秘又富有吸引力的，有種美夢成真的感覺。平時家長、老師總是給孩子一堆規定，說這個不能做，那個不能做。

但冒險不就是要做家長和老師規定不能做的事？做出一般其他孩子做不到的事，證明自己和其他孩子不一樣，自己是特別的。

更何況，這次旅程就像《湯姆歷險記》，旅程屬於孩子之間的秘密，不讓大人們知道。

「外婆，交給我們就對了。」

段小雪緊握素心阿嬤的手，廖大豪有點害羞，面對素心阿嬤滿佈皺紋的手，剛開始有點猶豫，但還是跟著表妹，與素心阿嬤，三個人的手握在一起。彼此的體溫，瞬間融合，發出唯有一家人才能產生共鳴的溫暖。

孩子的保證，讓素心阿嬤寬心不少，便把地址給了他們。溫暖的感覺，素心阿嬤的眼皮又重了起來，她用最後一點力氣，對廖大豪和段小雪說：「衣櫃左邊紅色毛衣底下有個小鐵罐，裡頭有外婆積蓄的一些錢，你們拿去用吧！這趟旅程對現在的你們來說可能太過艱難，可是外婆現在只能靠你們了。」

素心阿嬤撫摸廖大豪和段小雪稚嫩的小臉，然後又再次昏睡過去。

段小雪與廖大豪，他們望著手上那封信，然後視角緩緩上升，看著彼此。

「確定我們要這麼做嗎？」

段小雪心中早就沒有任何遲疑，可是她依舊這麼問，或許是因為對於未來要接受的挑戰，孩子已經能夠想像出其中的挑戰。

廖大豪老是被認為是膽小鬼，可其實他只是不願意去爭辯什麼，用自己的方法為自己的人生努力。現在，他有一個機會，去證明他不是膽小鬼。

想起《老人與海》中的老人，廖大豪也想要釣一條大魚，證明自己可以，就像那些書本裡頭偉大的人物一樣。無論是《白鯨記》中的船長，或是《紅髮安妮》中的安妮，以及《湯姆歷險記》中的湯姆。

「我想當《湯姆歷險記》裡頭的湯姆。」廖大豪對表妹如此說。

段小雪覺得表哥說這句實在是太帥了，笑嘻嘻的點點頭。可是沒多久，她跳起來朝廖大豪頭上K了一拳。

「幹嘛打我？」廖大豪很無辜的摸摸頭，問段小雪說。

段小雪氣呼呼的說：「你是湯姆，那我不就是一身髒兮兮的哈克了嗎？」

「哈哈哈哈！對耶！」廖大豪聽段小雪說的有道理，又覺得她說的有點好笑，一時之間忘記疼痛，笑了出來。

「好啦！那湯姆給妳當。」

「我也不要當湯姆，我可是淑女！嗯……我想我就當安妮吧！」

「《湯姆歷險記》哪來的安妮？」

「你管我，反正我是安妮，你要當誰隨便你。」段小雪懶得跟廖大豪掉書袋，斬釘截鐵的說。

從素心阿嬤說的地方，衣櫃的深處，紅色毛衣底下果真有一個鐵罐子。鐵罐子一打開，廖大豪和段小雪眼睛看得都發直了，裡頭有一萬多塊錢，這對還不到高年級的國小學生來說簡直是天文數字。

「好多錢喔！我們真的可以用這筆錢嗎？」廖大豪說。

「如果要把信送去那個人住的地方，真的需要花這麼多錢嗎？」段小雪說。

「我看看……」廖大豪仔細瞧信封上寫的地址，地址是「屏東縣恆春鎮墾丁路……」然後說：「墾丁我聽過，但從來沒有去過，好像在台灣的南邊。」廖大豪回想著爸爸曾經買給他，和他一起拼的台灣拼圖，依稀記得拼圖呈現出來的地理位置。

「墾丁我去過。嘿嘿！終於有你不知道的了。」段小雪得意的說。

「我爸爸和媽媽平均每一兩年都會去墾丁一次，去渡假、看海、曬日光浴。」

「真享受，我爸爸頂多帶我和媽媽去碧潭、烏來之類的，很少離開台北。」

「到台灣的最南邊，好像真的要花不少錢。」段小雪想到這裡，用她非常不好的心算隨便亂算一通，然後說。

「還有一個大問題呢！」廖大豪望著鐵罐子，發愁著說：「我們要怎麼跟爸爸媽媽說呢？」

「我們已經答應外婆不可以告訴爸爸媽媽啦！」

「但是不跟他們說，我們就這樣一聲不響的走了，他們會很擔心的。」

「膽小鬼！」段小雪失望的說。

「我不是膽小鬼！」廖大豪反駁，可是他這一次反駁的很無力，他確實想東想西的，有點拿不定主意。

段小雪雙手「啪」的打在廖大豪兩邊臉頰，然後手掌一用力，把廖大豪的兩個臉頰擠得跟肉餅一樣，說：「那就讓我看看你不是膽小鬼的一面，我的表哥。」

收起鐵罐子，以及隨身的一些物品，像是糖果、麵包、望遠鏡和書……這些孩子們以為生活不能沒有它們的小玩意兒，全部放進廖大豪的背包裡頭。

段小雪沒有背包，只有一個隨身裝飾用，繡有小白兔的米色錢包。

當大人們都忙碌著自己的事，關心著自己眼前的問題，金錢、人情等等。絲毫沒有注意到孩子。廖大豪揹著背包，與段小雪一起，就這樣大搖大擺的從房間一路走到院子，又從院子一路走出家門。

半路上沒有任何人阻攔他們，就好像他們根本不被在意。

第十三章
拜訪那個人

禮拜天的大林村，全村的人好像都因為素心阿嬤生病而沉睡。

街頭沒有半個人，土地公廟附近的狗兒們見到廖大豪和段小雪，跑過來搖著尾巴，想要小朋友摸摸牠們。

段小雪一隻隻給牠們擁抱，說：「大毛、二毛、黑毛，還有黃毛，我要去執行外婆交給我們的任務了，你們要乖唷！」

「呃……牠們什麼時候叫這些名字的啊？」廖大豪不解的問。

「本姑娘取的，你不滿意嗎？」

「很滿意，很滿意。」

廖大豪吐吐舌頭，他可不敢得罪這位女王。

「不過真有點寂寞，只有狗狗跟我們道再見，大人們都不知道跑到哪裡去了。」

「大人們都這樣吧！忙著做自己的事情，沒有時間管我們這些孩子。」

本以為就這樣，廖大豪和段小雪的旅程不會再見到什麼熟人，可是有些事情總是出乎意料，帶來生活中的種種驚喜。

熟悉的銀色腳踏車，倒放在田埂旁，穿著T恤，聽著隨身聽，一頂草帽蓋在臉上遮陽的年輕人，羅門正在靠著呼吸新鮮空氣，以及與太陽進行光合作用來醒酒。

段小雪起了惡作劇的念頭，拾起一枚小石子，對著羅門丟過去。

第一下沒丟中，又拿起一枚嘗試一次。

這次石子不偏不倚打中羅門的肚子，羅門拿下草帽，起身左右張望，見到兩個孩子，疑惑的看著他們。

段小雪躲到表哥身後，指著他說：「是他丟的。」

廖大豪完全沒料到表妹會來這一招，急得跳腳，說：「不是我，妳……妳騙人！」

羅門也曾經是個孩子，怎麼會不清楚孩子們的技倆。

他假裝一臉不高興的朝廖大豪衝過去，可是到了廖大豪身邊，他瞬間變了方向，一頂草帽蓋在段小雪頭上，對她說：「騙人是不好的唷！」

段小雪說：「你怎麼知道是我丟的？」

「因為妳笨嘛！」羅門一點也沒有要對孩子們退讓的意思。

「你揹著大包小包的是要去哪裡？」羅門見廖大豪揹著的背包好像塞滿不少東西，十分沈重，好奇問道。

「沒有要去哪裡啦！」廖大豪不敢直視羅門，看著地上說。

「對對對，我們沒有說要去墾丁。」段小雪幫腔說。

羅門一手摀著臉，心想：「小孩子就是小孩子，說謊的技術真爛。」他不想浪費時間，開口就問：「你們要去墾丁幹嘛？」

廖大豪和段小雪都嚇一跳，他們沒想到羅門竟然不費吹灰之力就猜出他們要去的地方，於是都不知道該怎麼回答，只能無言的站在原地。

「你們應該不是沒來由的就要跑去墾丁吧？說看看，也許大哥哥可以教你們怎麼去。」

「可是我們答應外婆，不可以告訴別人。」廖大豪對羅門說，一臉為難。

羅門已經猜出其中有些不可告人的秘密，其實當他被阿家和廖爸爸兩人送回家，血液裡的酒精逐漸消退，隨著意識漸漸清醒，他也有點意會到一場風暴正在醞釀。

兩個大男人不會沒事找他一個不熟的晚輩喝酒，而且事後想想，他們似乎對素心阿嬤的信很關心。

關於信，羅門本身也對這件事很好奇，可是他也只是好奇。但阿家和廖爸爸的態度與其說是好奇，不如說是非知道不可。

眼珠子轉了轉，羅門心中有了一些想法，於是對兩個孩子說：「素心阿嬤說不可以告訴別人，有限定是全部的人嗎？」

「外婆只有說不可以讓爸爸媽媽知道，還有其他大人。」

「那你說我是大人嗎？你們都說我是大哥哥了，那我們應該算是平輩。」

羅門講的話其實很沒有邏輯，但孩子哪能想到那麼多，思考一番覺得有道理，便回答道：「外婆拜託我們幫她送一封信，送到一個住在墾丁的人。」

「可以讓我看看素心阿嬤拜託你們送的信嗎？」

廖大豪從背包中把信拿出來，交給羅門，羅門看了看信封說：「嗯！又是同樣的地址，看來是寄給同一個人。」

羅門出現在這裡，不是偶然的，而是受人之託。

羅門看著兩個懵懂無知的孩子，想到他們竟然要隻身前往墾丁，絲毫不曉得其中可能會遇到的困難與危險，他當然不能坐視不管。

大林村是個小地方，素心阿嬤與三個孩子之間不和的消息，這兩天羅門也略有耳聞。

他能夠想像阿家的心情，可是孩子是無辜的，不應該承受大人們因為自己欲望而造成的錯誤。

羅門說：「你們知道墾丁要怎麼去嗎？」

「應該可以坐火車去吧？」廖大豪說。

「那你們要去哪裡坐火車呢？」

「彰化有火車啊！」

「那你們要怎麼去彰化呢？」

「坐三輪車，就跟來的時候一樣。」段小雪快速接著說。

「可是大林村哪來的三輪車？」

羅門雙手一攤，顯示周圍連一輛三輪車都沒有。

這個問題終於讓孩子們停下他們原本設想好的計畫，因為還沒離開大林村，他們就已經碰上一個大難題。

羅門彎下腰，讓自己視線的高度能與孩子們盡量平行，說：「墾丁很遠的，你們要去墾丁可不是一件簡單的事。我知道你們很乖，想要幫素心阿嬤的忙，可是現在你們真的幫不上忙。」

「可是，外婆很可憐……」

段小雪不甘心的說，眼眶微微泛紅。

「我們只是想幫忙，大哥哥，不然你可以幫幫我們嗎？如果我們做不到，外婆會很失望的，大人們都在吵架，我們不知道怎麼辦。可是……可是我和表妹都相信，只要我們能把信送給那個人，一定可以讓家裡又變得跟剛回到外婆家的時候一樣，大家都開開心心的。爸爸媽媽也會跟原來一樣，不會怪怪的，會聽我們說話。」

廖大豪拉著羅門的褲子，把他內心希望說了出來。

他和小雪會答應素心阿嬤的請託，有一部分重要原因就是對於大人們的冷漠，他們覺得只要自己努力了，應該就能讓現在這種情況有所改善。

羅門沒有結婚，也沒有孩子，但他可以從孩子的角度去想，那種被大人們漠視的感覺。

羅門展現出不知打哪兒來的衝動，對孩子們說：「那就讓我陪你們一起去。」

「一起去？」段小雪和廖大豪，不大敢相信的再三確認，用期待的眼神看著羅門問。

「去墾丁。」羅門把自己潛藏著的小小衝動踏實的說了出來，連他自己都不敢相信。

「耶！太棒啦！大哥哥要陪我們一起去啦！」

段小雪和廖大豪手舞足蹈，跳著不知道該如何歸類的舞蹈，他們實在太興奮了，終於有一個大人認真聽他們說話，而且願意陪伴他們，幫助他們，使他們不再感覺到對未來有恐懼與害怕。

羅門牽著腳踏車，把座椅和後座讓給廖大豪和段小雪。

他默默的喃喃自語，像是在確定自己下了這決定的目的，他要保護好兩個孩子，儘管這種方式相當冒險。

可是，羅門相信那個人，那個交代他兩個孩子會出現在這條路上的那個人。

段小雪聽不懂羅門喃喃自語的意思，只是很興奮。廖大豪則有種七上八下的情緒得到舒緩的感覺，因為終於有一個人可以依靠。

當天，羅門回到家，匆忙收拾了行李，和遛鳥的父親簡短道了聲再見。

「爸，幫我跟郵局請假，請個兩天……不！三天好了。」

「小羅！你請假是要搞啥子？」

羅爸爸對著兒子即將出門的背影問。

羅門停下腳步，回頭對爸爸說：「就說我去墾丁走走。」

「墾丁？」

羅爸爸當下沒會意過來，想了想才想起墾丁可是台灣最南端的海景天堂，急問：

「小羅，你丟下工作跑去墾丁是要去搞啥子？你給老爸說清楚，喂……」

羅爸爸的話，羅門已經聽不見了。

第十四章
不存在的地址

彰化火車站，週末特別忙碌，這裡是中台灣重要的轉運樞紐。羅門幫三個人買好火車票，火車直通屏東，到了屏東再想辦法轉車前往墾丁。

「票要收好唷！」

羅門把票給孩子們，廖大豪和段小雪小心翼翼的接下，對他們來說，火車票是這趟冒險的見證。

火車站的月台上，廖大豪和段小雪看著販賣部的便當，招牌的台鐵排骨飯，口水都快流了下來。

段小雪問廖大豪說：「阿嬤給我們的錢，拿來吃飯應該沒關係吧？」

「人本來就要吃飯，我想應該沒關係。」

放下背包，廖大豪要把放在裡頭裝滿錢的鐵罐子拿出來。

羅門去買報紙，剛回來，才坐下就見到他們拿出一個鐵罐子。還在想鐵罐子裡頭可能裝著什麼，見到裡頭滿滿鈔票。一把搶過去將罐子闔上，對兩個孩子說：「這錢哪裡來的？」

「阿嬤給我們的。」

廖大豪邊解釋，邊把出門前的情況對羅門交待了一遍。

羅門邊聽邊點頭，聽完後說：「財不露白，更何況你們身上帶著一筆不小的錢。公共場合人多手雜，要小心壞人、歹徒。便當什麼的大哥哥包了，你們把錢收好，切莫再拿出來，知道嗎？」

廖大豪和段小雪這才感覺到事情的嚴重性，以及素心阿嬤交給他們的似乎真的不是一筆小數目。

台鐵的排骨便當，滷得超級入味的排骨，還有酸甜的榨菜，配上滷蛋和煮得粒粒分明的白米飯，廖大豪和段小雪覺得旅途一開始就非常的滿足。

羅門便當吃了一半便吃不下了，可能大人總是想得太多，他漸漸擔心起來，包括廖大豪和段小雪的家人要是發現孩子們不在，可能會有多麼擔心等等。此外，他對於到了信封上的地址，會見到什麼樣的人，怎麼想都想不出個所以然。

「管他的呢！去了就知道了。」

羅門甩甩頭，試圖把煩惱都甩個乾淨。重新拿起筷子，稀哩呼嚕把便當吃個精光。

「大哥哥，你好利害喔！不到三分鐘就把便當吃完了。」段小雪笑說。

「你們再不把你們手上的便當吃完，大哥哥就要把肥滋滋的排骨給夾走囉！」羅門作勢要把筷子伸過去。

段小雪和廖大豪見狀，不再打鬧，趕快低頭專心吃飯。

從彰化出發的火車，火車的輪子「哐啷哐啷」的踏過南台灣的嘉南平原。和大林村的果園截然不同，綠油油的稻田，鋪滿整片大地，直到中央山脈的盡頭。

隨風搖曳著的嫩綠稻葉，宛如地毯，又宛如綠色的波浪。稻田中央零星見到的幾支稻草人，它們是衝浪手，又像是在水中載浮載沉的戲水遊客。

可能是對冒險感到興奮，段小雪和廖大豪在車上絲毫沒有一點睡意，看著窗外，想像著大海的樣子。

廖大豪沒有見過大海，他很好奇的問段小雪說：「大海是什麼樣子呢？」

「大海有波浪，就像窗外的稻葉那樣。」

「大海都是藍色的嗎?」

「嗯!可是大海的藍色有很多種,有淺藍,有深藍。最深最深的藍都快接近黑色了。」

「聽說海水嘗起來鹹鹹的,是嗎?」

廖大豪的問題喚起段小雪的回憶,她說:「沒錯,大海嘗起來鹹鹹的。我記得上次跟爸爸媽媽去海邊,玩完水回到飯店,身上乾了之後都是一粒一粒的鹽巴,我說我不想洗澡,想要把鹽巴收集起來帶回家做菜,結果就被爸爸罵了一頓。」

「哈哈!聽起來好蠢喔!」廖大豪笑說。

「你說什麼!」段小雪雙手叉腰,生氣的說。

「我我我……我是說我蠢,妳最聰明。」連續相處這陣子,廖大豪變得懂得應變表妹說翻臉就翻臉的脾氣。

羅門看得有趣,有點擔憂廖大豪會不會長大後變成一個怕老婆的人,而段小雪會不會變成一個男生人見人怕的女強人。

「總之，到了墾丁，你們就可以把海看個夠了。」羅門說。

「大哥哥有去過墾丁嗎？」廖大豪問。

「有啊！高中畢業旅行的時候有去過。」

「大哥哥喜歡墾丁嗎？」

「還不錯，但比起大海，我更喜歡沙灘。尤其到了晚上，沙子不再那麼熱，在細細軟軟的沙灘上走路很舒服。」

「聽起來好棒喔！」廖大豪想像著羅門描述的感覺，說。

聊著聊著，旅程進行了一半，在台南站，列車暫時停下來等待這一站要上車的旅客。原本羅門是和孩子們坐在一起，但一列有四個位置，尚有一個位置空著，此時有一位穿著方格裙、黑色長襪與牛皮平底鞋，上半身一襲白色襯衫，年紀大約二十歲出頭，有點學生味道的女子走過來，拿著票對羅門他們問道：「二十號是這個位子嗎？」

羅門聞到女子身上淡淡的香水味，香水味有玫瑰、茉莉等花香，好像還有柑橘的味道，不自覺的微微臉紅，面對女子很簡單的問題，他卻緊張的喉嚨發乾，有點口吃的

說：「對……就、就是這邊。」

「謝謝。」女子很有禮貌的答道，然後坐在羅門旁邊。

女子望著羅門，說：「你好年輕啊！真看不出來已經是兩個孩子的爸爸了。」又指著廖大豪和段小雪說。

段小雪和廖大豪聽見女子以為他們是羅門的小孩都偷偷在竊笑，羅門則趕忙解釋：「沒有啦！他們是我朋友的孩子，我只是陪他們一起旅行。」

「所以你們要去哪裡呢？」

「我們要去墾丁！」段小雪興奮的說，音量大到唯恐車廂內有人聽不見。

廖大豪拉拉表妹的衣角，叫她安靜一點。

女子喜道：「我也要去墾丁，真是太巧了！」

「是嗎？那我們倒是有機會當個半路上的夥伴了呢！」羅門說。

「你好，我叫王嘉婉。嘉義的嘉，婉約的婉。」女子主動伸出手，對羅門說。

羅門和女子握手，說：「妳好，我姓羅，單名一個門字。」

「呵！敲鑼打鼓的鑼嗎？」女子取笑著說。

羅門也不生氣，反而拿自己的名字打趣，說：「沒有到那麼吵的程度，但也差不多。」

一路上，因為王嘉婉的加入，不同年齡層的男女分成兩對在聊天。段小雪與廖大豪聊著他們在學校的趣事，羅門和王嘉婉則聊著畢業入社會後的點滴心得。

「旅程順暢的好像不可能更美好了。」羅門有這種感覺，包括段小雪和廖大豪在內，他們完全感受不到這趟旅程本來具有的意義。好像這真的就像是一次很單純，為了快樂所進行的旅程。

就在人們以為所有事情都很順利的時候，危險隱藏於其中，只是他們還沒有發現。晚了羅門三人一班車，廖爸爸和阿家也搭上往屏東的列車，他們也要依循從羅門那邊得到的地址，前往墾丁尋找與素心阿嬤通信的那個神秘人。也因此他們兩人都不曉得段小雪和廖大豪兩個孩子已經離家，偷偷展開自己旅程的事。

所以他們也不知道，此時大林村整座村子都已經被段媽媽和廖媽媽整個掀過來。

就在廖媽媽與段媽媽只能無奈的看著她們的丈夫和弟弟，不顧目前最重要的，就是留下來照料媽媽這件事，武斷的決定要趁媽媽暫時沒有辦法表達意見的時刻前往信封上的地址查個水落石出。

兩位媽媽才有餘裕發現孩子失蹤的事實，但任憑他們怎麼找都找不到。從家裡找到家門外，可是沒有半個村民見過他們。

如果有可能，廖媽媽與妹妹會連土地公廟前面那幾隻狗兒都叫過來問個清楚，但人跟狗怎麼能溝通呢？就算狗兒們想要告訴廖媽媽，牠們見過段小雪與廖大豪，還聽見他們說要前往的目的地，牠們也不知道該怎麼表達。

本來只是單純傾注全村人的精神與力氣在水梨上的小農村，就在素心阿嬤昏睡的中間，變得好像無頭蒼蠅。大家都開始關注一些和水梨沒有關係的事情，八卦不斷的在村民間流傳。

有人說素心阿嬤有個遠房親戚住在南部，還有人擔心素心阿嬤可能不會把遺產留給孩子們，而是想要分給其他人……

水生伯看著村裡的人們談論著他們根本不清楚的事情，並且也不想想八卦的中心正是那位帶領全村走向繁榮的偉大女性。

水生伯很感慨，卻又無能為力。他率領一批年輕人擔任搜查隊，持續對全村進行搜索，想要快點找到兩個孩子，而這也是他現在覺得唯一能做的。

第十五章
表兄妹的大冒險、上

屏東車站，許多攤販擠在火車站外頭，對面還有幾間專賣農特產品的店。暑假的屏東，充滿到屏東遊玩，特別是要前往墾丁的遊客。

火車站旁邊就有公車站，等待往墾丁公車的遊客排了長長一條人龍。

羅門帶著段小雪和廖大豪，朝隊伍的最後頭走去。王嘉婉跟著他們，好像他們已經是一夥人。

「對了，王小姐，剛剛在火車上，妳說是來墾丁找朋友？」羅門問提著一個手提箱的王嘉婉，說。

「嗯！我有一位小時候一起長大的玩伴，他現在在墾丁工作，我就是趁著放假有空來找他的。」王嘉婉說。

陪著羅門三人排到隊伍後，王嘉婉擺出若有所思的樣子，說：「我朋友會開車來接我，謝謝你們剛剛在火車上陪我聊天。要不，搭我朋友的車吧！」

如果搭上王嘉婉友人的車，非但不用忍受排隊之苦，還能夠省一筆車資。

這個提議就經濟層面來說當然很好，可是羅門覺得這樣太麻煩別人，所以剛聽到王

嘉婉的建議，當下不知道該不該接受。

段小雪和廖大豪的反應倒是直接，他們可不喜歡排隊，聽見王嘉婉的建議，一人拉著王嘉婉一隻手，搖動著撒嬌說：「我要搭嘉婉姊姊的車。」

「不要這樣，沒禮貌！」羅門啐了一聲，可孩子們完全不受他控制，最後他也只好妥協。

「好吧！但你們可得有禮貌一點，不要嚇到人家嘉婉姊姊的朋友了。」

沒多久，一輛國產的黑色轎車開到火車站門口，一行人上了車，孩子們體積不大，和羅門一起坐在後座完全不擁擠。

開車的人是一位穿著時髦，帶著太陽眼鏡，美式風格打扮的年輕男子，他見到王嘉婉很是親暱，不時搔著她的肩膀和髮稍。

羅門坐在後座，看在眼裡，他想：「唉！看來跟這位美麗的小姐是無緣了。」

段小雪竊笑說：「大哥哥，你怎麼看起來有點失望？」

羅門不想回答這個問題，索性靠在位子上裝睡。

從屏東火車站前往墾丁有段距離，羅門眼睛閉上沒多久便睡著了。

車子一路往墾丁的方向開過去，這條路線很單純，也就一條路通到底。

開著開著，已經能從車窗外面見到大海。大海的遼闊，加上今天天候狀況極佳，太陽的光芒灑在海面上，形成強烈的反射，叫人難以逼視。

「好漂亮喔！」

廖大豪驚呼連連，渾然忘了自己此行本來的任務。

段小雪也想要看大海，可是面向大海的方向，車窗幾乎被激動不已的廖大豪給佔住，她想看也看不到。

車行約一個小時左右，遠離屏東市，此時距離熱鬧的墾丁街道還有大約一個小時左右車程。

這時，司機悄悄改變了轎車行進方向，從公路上轉進一條沒有什麼車輛經過的小路。

小路的路況比起柏油路差多了，有點顛簸。羅門在顛簸中悠悠轉醒，他看著窗外，

見到一邊是椰子樹林，一邊則是大海，可這條路好像之前來墾丁沒有見過，有點疑惑的問前面王嘉婉和司機：「我們現在到哪裡了？」

司機將車停下來，熄火後走下車，王嘉婉跟在他後面也下了車。

「出來透透氣吧！」王嘉婉說。

羅門想：「倒也不錯，坐了一整天的車，雖然還不到墾丁，但是下來看看海，呼吸呼吸新鮮空氣，伸個懶腰重新蓄積一下能量。」

段小雪和廖大豪才下車，司機就把他們兩個人的衣領抓住，不讓他們跑動。

羅門看現場情況，皺眉問：「先生，你這是幹嘛？」

王嘉婉笑了，但不是羅門剛認識她的時候，那如學生般清純的笑容，而是帶有惡意的奸笑。

「王小姐，妳……」羅門發現情況不妙，不可置信的問王嘉婉。

王嘉婉從包包中拿出香煙和火柴，為自己點上一根，抽了兩口，然後說：「一整個下午都沒煙抽，悶死我了。都怪你們幾個在火車上蹦蹦跳跳的，連睡一會兒也不願意，這才累得老娘我必須用這麼麻煩的方法。」

司機笑著對羅門說：「嘿嘿！但也因為你，讓我有機會賺到這個外快。」

「阿雄，跟往常一樣，八二分帳。」王嘉婉對司機說。

「八二，不好吧！大姊我提供車，又提供人，至少六四還公平點。」阿雄抱怨著說。

「拜託，屏東的角頭人物我認識多少，要不是看得起你，我大可在彰化的時候打電話給阿勇，或是黑仔，他們可不會像你那麼囉唆。七三吧！不要就拉倒。」王嘉婉氣勢凌人的說。

「嘿嘿！七三就七三。」

阿雄接受了王嘉婉提出的價碼，開心的露出一嘴黃板牙。

「我跟你們無冤無仇，為什麼挑上我們？」羅門不解的問。

「我是跟你們無冤無仇，但你們在我面前露出我要的『東西』，我不找你們拿，找誰拿。」王嘉婉食指和大拇指搓動，示意鈔票的意思。

「唉！原來我們從彰化就已經被盯上了。」

王嘉婉哈哈大笑，說：「你不笨嘛！會意過來啦？」

段小雪和廖大豪已經害怕的全身發抖，他們想要用力掙脫，奈何阿雄那雙真的像台灣黑熊一般粗的手臂，像鉗子般緊緊夾住他們，讓他們動彈不得。

「好，要錢我可以給妳，但請妳放過孩子們。」

羅門對王嘉婉說，然後走到阿雄面前，對正被他抓著的廖大豪說：「大豪，鐵罐子在你的背包裡吧？把它拿給我。」

廖大豪衣領被抓住，掏不到背包中的東西，於是請段小雪幫忙。段小雪千百個不願意，但也只能聽羅門的建議。

見到鐵罐子，王嘉婉眼睛頓時亮了起來，貪婪的表情，彷彿想要把罐子給吞下肚才甘心。

「扔過來。」王嘉婉對羅門命令道。

羅門把鐵罐子扔過去，剛好掉在王嘉婉腳前一公尺左右的沙地。

「連罐子也扔不好，沒出息。」王嘉婉沒好氣的說，把煙丟在地上，走上前，彎腰要撿罐子。

就當所有人的注意力都在罐子上，羅門突然發動偷襲。靠著長年運動，以及工作天天需要騎腳踏車的腳力，羅門一個飛踢就往阿雄臉上打去。

阿雄雙手抓著孩子們，想要放手抵擋羅門這一擊在時間上便不可能。正是看中這一點，羅門才敢發動攻擊。

阿雄以為把孩子們抓住就萬無一失，其實正是因為他一手抓住一個孩子，反而使自己失去防禦能力。

「磅！」阿雄臉上結實吃了羅門一腳，痛得倒在地上摀著可能已經被踢斷的鼻子打滾。

「快跑！」

羅門對孩子們叫喊，段小雪和廖大豪立刻發足，朝回頭路狂奔。本來廖大豪的體能比段小雪強，但是現在身上背著一個大包包，跑沒幾步就落後在表妹身後。

段小雪急中生智，對廖大豪說：「表哥，快把背包脫下來。」

阿雄本來想忍痛去抓孩子們，但廖大豪把背包一脫後，牽著表妹的手加快速度，沒兩下子就把大人們都拋在腦後。段小雪與廖大豪跑了一段距離，回頭看羅門，他們想到，「大哥哥還在後面。」

羅門想走，卻走不了，只能目送孩子們。

王嘉婉臉上兩邊太陽穴冒出青筋，怒火已經燃燒到極點，縱使錢已經到手，但她沒想到自己竟然會著了眼前這個年輕人的道。

阿雄果真身強體健，摀著鼻子站了起來，兩人一前一後，羅門站在他們中間，腹背受敵。

「唉！所以我才說待在彰化鄉下送送信就好。」

羅門自嘲說，他也不知道自己能不能逃過這一關，但他看著越走越遠的孩子們，他知道自己必須拖延時間。

如果壞人們很快的把他撂倒，或許會開車過去把孩子們抓回來。自己雖然只有一個人，但是為了孩子，他必須要堅強起來，要盡自己一切努力讓孩子們不要受到傷害。

事情發展到這個地步，已經超出羅門所能掌握的範圍。

面對歹徒，羅門心裡暗暗嘆道：「素心阿嬤，保護大豪和小雪的工作，我可能要失職了。」

第十六章
表兄妹的大冒險、下

「我很佩服你的勇氣，但勇氣換來的如果是自己的喪命，你覺得值得嗎？」王嘉婉打開手提箱，拿出一把左輪手槍，對羅門說。

阿雄見王嘉婉拿出手槍，有些膽怯，說：「老大，錢都拿到手了，不用傷人吧！」一旦開槍傷了人，甚至不小心取了人的性命，對歹徒而言也是很麻煩的一件事。阿雄他可不想淌這種混水，只想分了屬於他那一份的錢，趕緊走人。

段小雪和廖大豪，他們上氣不接下氣，用他們這輩子最大的堅持與努力在跑著，好像把小學六年全部體育課要跑操場的份都一口氣給跑完了。順著小路一直過去，轉過幾個坳口，再也看不到羅門等人。

段小雪和廖大豪的手牽在一起，是廖大豪帶著段小雪在跑，可是段小雪說什麼也跑不動了，一個踉蹌，跌倒在地。

小路上的石頭磨破了段小雪的膝蓋，不但瘀青，還流了點血。廖大豪蹲下來看著表妹，關切的問：「還好嗎？會不會痛？」

「當然會痛啊！」段小雪努力控制著不要讓眼淚流下來，但淚水流進鼻腔，還是不爭氣的從鼻孔中流出來。

「我跑不動了。」段小雪說。

「不行！我們還沒脫離危險呢！」廖大豪正經說。

廖大豪變得跟平常完全不同，不再那麼溫溫諾諾，剛才羅門身為一個長輩，用自己的生命作為賭注保護他們，讓廖大豪第一次有種感覺，「原來這就是所謂的大人啊！原來這就是所謂的男人。」他也想要保護自己重要的人，不只是親人，還有與親人的約定。

短時間產生的幾個念頭，卻有可能改變一個人的人生觀。廖大豪以前總是把注意力集中在自己的事情上，可是還有許多其他人的事情，那與自己有關的事情。也許我們可以只關心自己，但我們不會真的快樂。

廖大豪對表妹說：「我揹妳，快上來。」

段小雪勉力站起身，趴在蹲下來把整個後背讓給她的表哥身上。

廖大豪咬緊牙，揹著表妹繼續往公路上走。

「我們必須回到來的路上，今天在火車站見到好多好多要去墾丁的遊客，所以一定會有很多車輛經過。我們要趕快找人求救，趕快找人來救大哥哥。」廖大豪把事情輕重緩急都想得很清楚。

平常的時候，有很多意見的段小雪是大人們眼中的小大人，可是在這關鍵時候，她表現出來的就只是一個受到驚嚇的孩子；廖大豪平常在大人們是個愛唸書、乖巧聽話的孩子，但現在他的表現，卻比起許多只知道注重自己利益的大人更加成熟。

段小雪趴在廖大豪的背上，覺得好溫暖，而廖大豪所說的每一句話，都讓她一點點的能夠放心下來。

「嗯！我們一定要找來來幫助大哥哥。」有了勇氣，段小雪覺得自己又有力氣可以繼續跑了，於是對廖大豪說。

回到公路與小路的交叉口，果然有許多往墾丁方向的車輛，廖大豪和段小雪剛開學在美國電影中見到的劇情，兩人對車道比出大拇指，可是車子都開得很快，雖有幾輛車的乘客看了他們幾眼，速度稍稍放慢下來，但沒有一輛車停下來。

「要怎麼做才能讓車子停下來呢？」段小雪問。

廖大豪急得跳腳，他不斷翻閱腦海中的記憶庫，可是他也想不出什麼好主意。

「好吧！」在各種可能或不可能的選擇中，廖大豪做了一個冒險的選擇，他想起段小雪是怎麼喚起羅門的注意。於是，他從腳附近找了一顆不小的石頭，看準一輛車就丟過去。

石頭非常準確的擊中一輛漆著墨綠色，車牌也是墨綠色的吉普車引擎蓋，車子也真的停了下來。

車上走下四位穿著墨綠色制服的男子，其中一位戴著雷朋墨鏡，見到丟石頭的竟然是兩個小孩子，走到段小雪和廖大豪跟前，用和他那嚴肅的臉極為不相稱的溫柔語氣說：「小朋友，你們幹嘛拿石頭丟汽車，這樣很危險，你們知道嗎？」

跟著，男子注意到段小雪膝蓋上的傷口，以及與廖大豪兩人驚慌失措的表情，他機警的猜到事情可能有蹊蹺。

再要問，廖大豪便搶著開口：「叔叔，請救救大哥哥。」

阿雄聽從王嘉婉的命令，對羅門又踢又打，而羅門完全不能還手。因為王嘉婉舉槍的槍口對準羅門，羅門絲毫沒有任何一點反抗能力。一旦反抗，他就要吃子彈。

「澎！澎！」羅門肚子又挨了兩拳，他倒在地上，已經到了體能的極限。他一心只希望段小雪和廖大豪已經逃到壞人不可能抓到的安全地帶，而為了拖延時間，他願意被打。可是，他感覺到自己已經支撐不了多久了。

「放開大哥哥！」跟著引擎聲，廖大豪站在吉普車上，旁邊牽著段小雪的手，朝王嘉婉的方向大喊。

王嘉婉和阿雄都不敢相信他們眼前見到的情景，羅門順著廖大豪的聲音看過去，笑了出來。

好死不死，剛剛廖大豪丟中的正是陸軍的吉普車，而車上載著四人都是軍人，而那位戴著雷朋眼鏡的更是一位在軍方司令部任職的軍方高官。他簡短的聽了廖大豪和段小雪的描述，馬上用無線電召集附近基地的弟兄支援，並且聯絡警方。在警方趕到之前，就在距離這個海岸不遠處，基地的弟兄們已經全副武裝，帶著步槍來到現場。

「馬上放下手上武器，不然我們就開槍了！」軍官拿著擴音器，對王嘉婉和阿雄嚴厲的命令著。

六輛吉普車，載著荷槍實彈的陸軍阿兵哥，把王嘉婉兩人團團圍住。

阿雄見到這麼多阿兵哥突然出現，嚇得膝蓋一軟，跪在地上雙手高舉，向阿兵哥們求饒：「這跟我沒有關係，都是那個女人指使我的。阿娘喂……千萬不要殺我，我家有八十歲老母，還有三個智能不足的弟弟要養……」

面對軍方的優勢火力，王嘉婉也只能把槍放在地上，阿兵哥們兩兩將王嘉婉和阿雄逮捕，壓上吉普車。

軍官走下吉普車，他旁邊的傳令兵跟過來，把羅門扶起。

軍官拿下太陽眼鏡，用炯炯有神的眼睛看著羅門，點頭嘉許道：「現在像你這麼勇敢的年輕人不多啦！好，有你這種年輕人，表示國家有希望啦！」

「哎喲……」軍官往羅門肩膀輕拍兩下，本來是要表示好意，但剛好觸碰到羅門被打傷的地方，反而讓羅門痛的哇哇大叫。

「咳！快送這個年輕人去醫院！」軍官命令道。

「等一下，我要先和這兩個孩子去一個地方。」羅門按著自己的傷口，說。

「喔？」軍官見羅門不急著就醫，還要到其它地方去，於是問道。

羅門把自己之所以會帶著這兩個孩子來到墾丁，以至於遇上這些危險的來龍去脈都清楚的跟軍官交待。

軍官聽完也很有同理心的表示：「身體去趟醫院就能治好，家人間的矛盾，這只能說解鈴還須繫鈴人呀！」

「好，我們就去信上寫的那個地方。」

三輛吉普車將王嘉婉和阿雄押往警察局，羅門、段小雪和廖大豪，他們和軍官搭著另外三輛吉普車，往素心阿嬤信封上所寫的地址而去。

第十七章
解開秘密

通過墾丁街道，來到海岸的另外一端。

白色的沙灘，海水湧上來，又退了下去。貝殼碎片與白沙混在一塊兒，像有大有小的餅乾屑在海灘上排成一排。

海岸的這一角，只有一座爬滿青苔與藤蔓的水泥建築，上頭有編號，看來是一棟已經廢棄的軍方建築物。

「這是……」

軍官下了吉普車，這棟建築物也算是當地營區的管轄範圍，低語道：「難怪剛剛我怎麼覺得這個地址這麼熟悉。」

羅門、段小雪和廖大偉走到建築物前面，已經生鏽、扭曲的門牌上頭的地址確實和信封上所寫的無異。

可是他們三人誰都猜不透這究竟是怎麼回事，為什麼素心阿嬤要寄信給軍方單位。

「報告長官，那裡有兩個不明男子。」

一位士兵走到軍官面前，畢恭畢敬的行舉手禮後說。

「把他們帶過來！」

人生何處不相逢，廖大偉和段小雪見到被阿兵哥帶過來的兩個人，都驚喜的說不出話來。

「爸爸。」

廖大偉一面跑，一面叫著。

那兩人不是別人，正是廖爸爸和阿家。他們見到廖大偉、段小雪，以及羅門都很驚訝。

他們想不透這兩個孩子怎麼會跑到這裡來，又怎麼會跟羅門在一起，更想不到旁邊還站著一堆軍人。

然而，他們見到彼此手上都拿著信封，很快的猜到這是怎麼回事。

阿家聳肩，無奈的說：「我完全不能理解究竟是為什麼，媽媽要寫信來這裡？這一趟，只能說白來了，還是得回家問媽媽才清楚。」

段小雪和廖大豪商量了一下，問羅門說：「怎麼辦，可是我們答應素心阿嬤要把信交給那個人。」

「這下沒辦法啦！我們不知道那個人是誰，而這裡似乎沒有任何人住。」羅門對孩子們說。

軍官聽見「素心」兩個字，又聽他們講到通信什麼的，便問道：「寫信的人叫做素心嗎？」

「是，長官。」

阿家和廖爸爸都當過兵，當兵期間被操的厲害，現在見到有長官在這裡，像是回到當兵的時候，趕緊立正站好，對軍官說。

「素心是我媽媽的名字，她全名叫……」

「游素心。」

軍官淡淡的說出素心阿嬤的全名。

「你怎麼會知道？」

在場眾人都很訝異，只有軍官彷彿對所有的秘密都了然於胸。

廖爸爸見這位軍官頂多四十歲上下，跟素心阿嬤有不小的年齡差距，心底冒出諸多猜想。

軍官領著大家坐下，他脫下軍帽，將墨鏡交給傳令，望向大海，說起這個引領素心阿嬤一家人從團結到現在分崩離析，背後一個他們都不知道的故事。

「你們見到的這棟建築物，以前是壄丁一帶的軍醫院，我爸爸是在這裡服務的軍醫……」

※※※※※※※三十多年前※※※※※※※

軍醫院的外科辦公室中，一位傷心的媽媽在醫生辦公桌前，一面流淚，一面與醫生交談。

「高醫師，拜託您行行好，幫幫我吧！」

游素心凌亂的頭髮，顯示她心力交瘁的樣子，她手上抱著一個男嬰，睡得正甜。穿著醫師袍的男子，他面色凝重，雙手交叉，似乎在考慮著一件重大的決定。

旁邊的護士好心過來，勸游素心說：「小姐，高醫生今天還有好幾個手術要開，如果妳真的有什麼需要幫忙的，麻煩等高醫生動完手術後再說。」

游素心跪了下來，使得原本要起身前往手術房，不打算繼續答理她的高醫師又坐回椅子上。

高醫師搖頭說：「你兒子的病需要換腎，如果沒有腎那我也沒辦法。游女士，我知道妳的處境，但妳要知道這不是我能決定的。」

高醫師接著說：「唉！台北有很多好醫生，或許我可以推薦給妳，妳去問問他們有沒有更好的意見。但我必須先告訴你，他們的意見肯定跟我一樣，就是要做腎臟移植。」

游素心調整氣息，儘管眼淚還掛在臉頰上，她繼續哀求著：「這沒有問題，我可以捐出我的腎，無論您需要幾個，我都願意捐出來。」

高醫師苦笑說：「不只是腎的問題，術前也好，術後也好，這都牽涉到許多治療。相信我，整個療程不是一筆小數目。不過，我想天底下那麼多醫生，也許你能找到一位願意接受妳能負擔的價碼的醫生。」

「高醫師，台北也好、台中也好，甚至台南、高雄的大醫院我都跑過了。所有醫生都推薦你，大家都說您是台灣的首屈一指的腎臟外科權威。我求求您，請您幫我的孩子動手術。」

聽見被稱讚是台灣第一，高醫師驕傲的笑容掛在臉上，但很快的又把欣喜壓抑在臉皮底下，說：「游女士，你兒子年紀那麼小，還未滿一歲，在這個時候動手術有很大的風險，你明白嗎？如果可行，我不會拒絕。」

游素心作為一位母親，一位需要兒子得到醫治的母親。

那份充滿母愛，想要保護兒子的信念超越一切，讓她可以看透在平時無法看透的人心。

游素心凝視著高醫師的雙眼，解讀著他所說的意思，是否如同表面上那樣單純，然後她徐徐說：「難道您是擔心手術失敗，影響您台灣第一的聲譽？」

高醫師的表情變了，變得惱怒，可是他早習慣和病患家屬溝通，而病患家屬又能有幾個是理性的。

他冷冷的說：「您請回吧！」

「您說什麼都不答應嗎？」

游素心堅決的說。

高醫師沉默半餉，說：「我聽說妳家裡是種水梨的？」

「對，我們家種的是全彰化最好的水梨，之前我送過您一籃子，您還記得嗎？」

「呵！恕我直言，你們家的水梨我吃起來不覺得有什麼特別的。」

游素心承受著高醫師給她的冷嘲熱諷，而她沒有被擊倒，靜靜聽著。

「這樣吧！」

高醫師下了決心，起身拍了一下桌子，然後走到游素心面前，靠在辦公桌桌沿，對她冷冷地說：「如果妳能讓蘋果樹長出梨子來，我就幫妳的孩子動手術。」

游素心站起身，對高醫師回應道：

「我答應你，我會用一輩子的時間嘗試。一定……一定會讓蘋果樹上長出梨子給你看！」

高醫師沒有見過那麼剛毅的一位女性，也沒有見過對於自己的信念，以及自己的孩子能夠將悲憤化為力量。

化為一股好像可以將他融化的，令人肅然起敬的母愛。他放下了他的堅持，對於名聲，以及金錢，破了例。

「護士小姐，我下週還有什麼時段有空？」

護士翻了一下行事曆，說：「下週三下午一點到五點還沒有排進任何手術。」

高醫師吁了一口長氣，然後吩咐護士：「妳帶這位女士去櫃台辦手續，然後把下週三下午的時段空下來，我要為她的孩子動手術。」

游素心聽見高醫師終於被她說服，強忍著的眼淚又掉了下來。

高醫師頭也不回的走出辦公室，他沒有見到游素心的眼淚，但他相信游素心現在流的眼淚，不會是痛苦、哀傷與難過的眼淚。

第十八章
和好如初的一家人

※※※※※※※※現在※※※※※※※※

「平常寄到這裡的信，我都把信收起來了，全在我家。」軍官對阿家等人說。

「那為什麼不回信呢？」羅門心底一直有這個疑問，便說。

「哈哈哈……」

軍官仰天大笑了幾聲，然後說：「因為我爸是個怪人。他當年沒有想到真的可以在蘋果樹上種出梨子來，也不知道有接枝法這回事。後來游女士真的利用接枝法接出梨子，就是我們現在稱所謂『蘋果梨』，他一直很後悔。」

「後悔他輸了？」羅門問。

「不，我老爸很後悔他過去太重視名利。所以他把游女士的出現視為上帝給他的一個訊息，要他不要再執著於名利。但他另一方面又不想跟患者和家屬有太多牽扯，所以始終沒有回信。喔！還有其他原因。不過……最近幾個月信是寄得多了，有人可以告訴

我為什麼嗎？」

廖爸爸猜想到可能原因，便提出假設：「我猜可能是因為素心阿嬤發現自己身體越來越不好，所以越來越想趕快把要對高醫師說的話告訴他，這才增加了素心阿嬤寫信的次數。」

羅門覺得廖爸爸說的有點道理，微微點頭。

段小雪和廖大豪則是藉由軍官說的故事，望向阿家舅舅。

阿家翻開上衣，肚皮左邊有一小條清楚的疤痕，自他有印象以來，身上就有這個疤痕。

小時候他問媽媽為什麼自己肚子身上會有這個東西，素心阿嬤總是跟他說是小時候不小心燙傷的痕跡。

「原來……原來是這樣。當初媽媽為了我做了那麼多的犧牲，結果我竟然還懷疑媽媽，還跟媽媽頂撞，我……我真不孝……嗚嗚……」

阿家轉過身，不想讓大家見到他流淚的樣子，可是他哽咽的聲音，大家都聽見了。

段小雪對廖大豪說：「外婆真的好偉大。」

「是啊！」

廖大偉和段小雪，走到阿家身旁，牽著他的手，用無言的方式，以親暱的肌膚相親安慰他。

廖爸爸也過去，抱著阿家的肩膀。

羅門身子還有點疼痛，但他心裡卻有一股甜蜜的滋味。在他眼前這一家人又像是一家人了，又變回能夠彼此分擔煩惱，分享快樂，為自己同時也為對方而活的一家人。

「對了，那高醫師，可否讓我們見見他？」羅門提議道，他實在想見見這位三十年前傳奇的醫界人物。

「我老爸十多年前就過世了，所以這也是素心阿嬤收不到回信的原因，因為沒有人會回這封信。可是我老爹跟我說過很多次這個故事，提醒我作人要厚道。我想他走的時候，能夠沒有遺憾，能夠受人尊敬，也可以說是游女士的功勞吧！」

看來，所有的謎題都得到了解答。羅門心裡放鬆下來，身體的肌肉也跟著放鬆，本來不痛的地方，現在又痛起來。

「長官，我們現在可以去醫院了。」羅門忍著痛，對長官說。

「哈哈！好！我們走。」

長官又對羅門的肩膀用力一拍，再次打中羅門傷口，長官連聲道歉。羅門眼淚都快飆出來，可嘴角卻和大家一樣，都往晴朗的天空方向上揚。

「嗯……嗯……沒事啦！姊，妳放一百二十個心，我現在就把大豪和小雪帶回彰化。嗯……嗯嗯！順便請送兩百個梨子到墾丁的步兵營。對啦！我就是要送，詳情回去再跟妳們說。」

「啪喳！」

阿家掛上公用電話，從電話亭走出來。

廖爸爸對他說：「家裡一切都還好吧？」他瞞著老婆，跟老婆的弟弟跑出來，現在想到回去可能要被唸上好幾頓，是真的發自內心的想要知道大林村素心阿嬤家的情況。

「希望回家不要被罰跪算盤才好。」

自從老婆因為媽媽的關係發威之後，廖爸爸知道以後不能再像以前那樣說一是一，說二是二了。

搭著軍車，段小雪、廖大豪、廖爸爸、阿家和羅門一行五人，浩浩蕩蕩的來到屏東火車站。

民眾們見到三輛軍用吉普車護送平民老百姓來搭火車，都議論紛紛，猜測究竟是何方神聖，竟能勞煩軍方出馬。

「就算你們到這裡了，祝你們平安。」軍官的口吻有十足的軍威，廖爸爸等人聽了都肅然起敬。

又對羅門說：「這次算你們運氣好，我剛好來到屏東視察，而且就這麼巧被你們碰到。唉！經濟起飛，治安倒是每況愈下，以後你帶著孩子出門在外可得多小心。」

面對孩子，軍官就像變了一個人，他指頭一彈，身旁傳令拿出兩大包魷魚乾交給他。

軍官送給段小雪和廖大豪一人一包，說：「這是屏東名產，今天太趕了，所以送你們魷魚乾。等你們哪天再來墾丁玩，記得跟高叔叔說，我會帶你們去吃黑鮪魚，那個就真的是極品，哈哈哈。」

段小雪給了軍官一個香吻，本來嚴肅的不得了，看起來難以親近的軍官，被南台灣的太陽曬得黝黑的兩頰瞬間變得紅通通的。

身旁下屬和阿兵哥見到長官的臉活像被晒傷似的，都忍住笑，憋的各個都全身打顫，幾乎快沒辦法維持好挺拔的站姿。

這一趟旅程，在不到一天的時間裡頭便宣告結束。

廖大豪和段小雪一行人，他們搭上夜車，奔馳在往素心阿嬤家的路上。

廖大豪坐在爸爸比鄰的位子，身旁放著為冒險而準備的背包。背包沾上一些塵土，是這一趟冒險的紀錄。

廖爸爸拿起兒子的包包，見到裡頭那本已經被兒子讀完的《老人與海》，隨手翻了幾頁。

廖大豪本來有些睡意，見爸爸在看這本書，打起精神對爸爸說：「爸爸，我有件事想跟您說。」

往往逆來順受的兒子，難得有話主動要跟自己說，廖爸爸正襟危坐，答道：「你說，爸爸洗耳恭聽。」

像是早就已經下定決心，廖大豪說：「以後可不可以不要再跟我說『以後考上好初中才能考上好高中，考上好高中才能考上好大學，考上好大學以後找份好工作。』這些話？」

「為什麼呢？」

廖爸爸有點意外，但還是耐著性子往下聽。廖爸爸有種感覺，就是最近不知道怎麼搞的，好像身旁的人都突然改變了，變得不是他過去熟悉的家人。

廖大豪的勇氣，就在這一連串的事件中被啟發。他發現逆來順受不見得是好事，因為即使是最愛自己的親人也有可能犯錯，因為一時被欲望衝昏頭而做出傷害家人的事情。

為了素心阿嬤踏上旅途，為保護小雪挺身而出。廖大豪學會表達自己的感受，因為表達自己的感受可以幫助家人。這份真誠的感動，是對自己與家人最好的祝福。

阿家舅舅沒有問清楚，沒有把話講明白，以至於和素心阿嬤之間產生誤會，最後甚至演變為家庭革命。其中有太多的誤會，其實只要抱著對家人的愛把一切攤開來談，遺憾的事情根本不會發生。

「因為我還沒有想好以後要做什麼，我讀書只是因為喜歡讀書，並沒有想過要考好學校什麼的。我的意思不是我不想考好學校，只是我真的希望自己能夠不要管這些。我要的很簡單……只想快快樂樂的讀書就好。」廖大豪說。

廖大豪說到最後，廖爸爸發現兒子在短短一段時間好像長大了，作為父親，他有種看著兒子展翅高飛，離開父母尋找自己人生路途的感慨，眼眶不自覺的溼潤起來。

「爸爸過去要你讀書，都是為你好。」廖爸爸說。

「我知道，我很感謝爸爸，謝謝你讓我讀那麼多書。以後我一定會好好努力，賺錢給爸爸和媽媽買大房子，讓大家都過得很開心。」

「有這個心就好了，只要你開心，爸爸媽媽再怎麼辛苦都無所謂。」抱著兒子入懷，廖爸爸從最近幾天失心瘋，跟著阿家為了遺產的事情東奔西跑，腦子動些壞主意，想些不好的臆測。他覺得自己也差一點就變成不是原來的自己，不再是一個關心兒子、妻子與家庭的好爸爸，而是變成一位唯利是圖的敗類。

阿家連深愛自己的母親都能懷疑，甚至猜忌。可見欲望對人的影響有多大。眼前的，才是最重要的，廖爸爸有所體悟。過去對兒子的期望，那也是自己的一種欲望。

懷抱單純、乖巧的兒子廖大豪，過去有多少次是因為自己的期望而逼使他做了勉強自己的事，廖爸爸問著自己。「也許有吧……」廖爸爸只能這樣回答自己的問題。從今以後，他希望自己能夠更多的去傾聽兒子的想法，珍惜眼前最寶貴的事物。

段小雪坐在廖大豪對面，見到廖大豪和爸爸很親密的有說有笑，而且彼此終於能夠敞開心胸去表達自己的想法，她內心有好多複雜的情緒在交纏。

段小雪不想再看著廖大豪他們，因為他們父子倆的親暱樣子，讓她又羨慕，又嫉

妒。

夜晚的火車，奔馳在星夜底下。遠方尚未熄滅的萬家燈火，有如繁星與天上的宇宙星辰互相輝映，像是水光與自然景觀的倒影。

「爸爸，你在哪裡呢？你又在加班了嗎？」看著萬家燈火，段小雪思念起爸爸的身影。可是，爸爸自從好些日子以前，就和媽媽好像不再能共容於同一間房子。

「難道爸爸媽媽要分開嗎？」這個可怕的念頭，有的時候會出現在段小雪腦海中，而她往往選擇盡量不要去想。除此之外，她也沒有其它辦法解決這項煩惱。

見到廖大豪可以明明白白的對父親表達自己真誠的想法，段小雪也希望自己能夠這麼做，可是該怎麼對爸爸說，她一時間也拿不出什麼好辦法。

不知道原因，段小雪想起素心阿嬤曾經教過她和表哥寫信，於是段小雪下了決心，回到家後要寫一封信給爸爸，一封信給媽媽，希望透過自己的信讓他們能夠和好。

就像阿家舅舅，以及廖爸爸，他們雖然短暫的時間變得奇怪，和之前不一樣，可是現在又恢復正常。

段小雪只希望，熟悉的爸爸和媽媽，熟悉的家的感覺能夠回來、再現。

這一趟冒險，不只解決了阿家等人的疑惑，讓家人們重新認識彼此，也認識到自己的愚蠢。同時也讓段小雪和廖大豪兩個孩子懂得去追求與父母親，與家人相處的方式。雖然方法不同，但是他們都抓到最重要的關鍵處，那就是「發自真誠的關心」。

被拯救的，不只是一個家庭，而是三個。

第十九章
相約再見

結束墾丁探險，回到素心阿嬤家的那個夜晚，廖大豪和段小雪已經記得不太清楚，只依稀記得廖媽媽和段媽媽兩個人焦急又生氣，整個晚上都斷斷續續聽見正廳傳來廖媽媽和段媽媽訓斥阿家和廖爸爸的聲音。

隔天一早，好像昨晚有人施了什麼魔法，每個人都回到段小雪和廖大豪甫來到大林村時候的樣子。

親切憨厚的阿家舅舅，溫和包容的廖媽媽，愛笑愛漂亮的段媽媽，以及愛掉書袋卻又極為真誠的廖爸爸。

「哎唷！」

廖大豪冷不防在早餐時間又被段小雪偷襲得手，頭上挨了一記。廖大豪看著看著表妹，段小雪又恢復剛來大林村時跋扈的樣子。

「表哥，痛嗎？」

「有一點。」

「一點而已，那就算了。」

段小雪原本作勢要給廖大豪「呼呼」，見表哥沒有什麼太大的反應，故意掉頭就走。

「呵呵！兩個小傢伙還是那麼調皮搗蛋。」素心阿嬤走進飯廳，見到段小雪和廖大豪，對他們說。

「外婆早！」廖大豪和段小雪，熱情的向素心阿嬤問早。

「媽，您怎麼不多睡一會兒？」

阿家吃過早飯，走到倉庫整理了一下東西，再走回來想拿兩顆白煮蛋在身上當零嘴，見到素心阿嬤，便對她說。

「好啦！我這老人家再這麼睡下去，骨頭都軟了，以後還怎麼能有力氣到果園看你們，關心大家栽種水梨的情形。我自己的身體我最清楚，不用擔心。」

結束墾丁探險的第二天，素心阿嬤恢復意識，到第三天已經可以下床自己走路，做點家事。

用畢早餐，段小雪和廖大豪和之前一樣，不需要特地和大人們到果園去，他們可以

自由的在大林村四處進行探索。

段媽媽是唯一不放心的人，她害怕兩個小鬼又悄悄搞什麼旅行，結果把自己搞失蹤，害得大人們為找尋他們累得人仰馬翻。

最後還是廖爸爸跳出來說話，掛保證不會再發生同樣的事，這才好不容易說服段媽媽。

另外，也是因為素心阿嬤為孩子們求情，她說是自己拜託孩子們去做的。

這是另外一個謎，就是「為什麼素心阿嬤要拜託他們兩個小孩子去走這一趟的旅程？」

難道就沒有其他人可以代替，可以幫忙嗎？大人們有著這樣的疑問，可是目前全家人相處融洽，也就沒有人去提及。

水生伯在素心阿嬤康復這幾天，每天都來家裡探望她，也從阿家那邊瞭解到信件的秘密。

水生伯並不意外，三十年前素心阿嬤為阿家南北奔波，尋找醫生的事，水生伯當時

也在場，也是從那時他相信素心阿嬤的堅毅，因而才會叫村民們跟隨素心阿嬤的腳步，把大林村變成水梨之村。

嘗試了無數次的接枝法，才造就了今日的蘋果梨。其背後不只是為了創造最頂級的水果，更有一個母親的信念與愛。所以蘋果梨是大林村的象徵，唯有堅毅才能造就甜美果實，這個道理宛如人生。

三姊弟不敢問的問題，水生伯倒是想要問個明白，在這個不怎麼酷熱的日子，他和素心阿嬤坐在院子乘涼。

看著佇足於門前幾棵芒果樹上的麻雀，自由自在的飛翔，水生伯對素心阿嬤說：

「素心啊！有件事情我實在不明白。」

「水生，你見多識廣，有什麼不明白的應該問你自己，怎麼問起我這老太婆呢！」

「哎唷！當然是因為這事情只能問妳嘛！話說妳那時候是不是因為生病昏了頭，才會叫孫子、孫女兒去送信？別怪我說的直，這對兩個孩子來說不是一件簡單的事。這一次他們遇到危險，還好有羅門在，而且又剛好碰上高醫師的後人，不然後果不堪設想。」

水生伯越看是越想知道究竟素心阿嬤當初打的是什麼主意，素心阿嬤笑說：「我早就不奢望會有什麼回信了。」

「那妳這幾年寫信是為了……」水生伯迷惘起來。

「我感覺到自己身子越來越不好，孩子們又都不在身邊，可是每次跟她們通電話，縱使她們不說，我也察覺得出她們過得好不好。阿家長大了，有自己的想法了，可是對於水梨生意，他變得越來越計較金錢，而不是水梨對於大林村，對於這個家的無形價值。所以……」

水生伯終於明白，朝素心阿嬤擺手，壓低音量說：「好啊！素心妳原來是利用這個機會測試測試孩子們的心意。」

「水生，這你就誤會我了。我不是想測試他們，而是想幫助他們。如果要讓一家人緊緊聯繫在一塊兒，也就唯有靠著我這老太婆賣賣老命才行。更何況，有值得信賴的年輕人願意幫忙，我就更放心了。」

水生伯這才會意過來，原來羅門那天會那麼巧合的出現在段小雪和廖大豪前往墾丁的路上，全由於羅門早就知道素心阿嬤會這麼做。

素心阿嬤又說：「但我真的沒想到小雪和大豪兩個小傢伙竟然有勇氣真跑到墾丁去，本來我想說他們頂多離家遠點，能夠吸引父母對他們的關注。關注在孩子身上，而不是遺產上頭。」

水生伯點點頭，他能理解素心阿嬤擔憂的，畢竟他自己也快到了該去思考這些事情的時候。

這時，水生伯又想起另外一件事，問說：「那妳日前昏倒兩次，那是真的，還是作戲？」

素心阿嬤笑而不答。

「我進門拿點茶吧！」

水生伯走進後堂，找素心阿嬤家裡人去。

素心阿嬤環顧整個三合院，喃喃道：「這個家，終於又像個家了。」

素心阿嬤沉沉睡去，在這個不怎麼酷熱的午後。

沒有人知道之前那兩次昏倒，素心阿嬤是不是假裝的。但這一次素心阿嬤闔上眼睛，就真的再也沒有醒來。

第二十章
最後一封信

「羅門，大林村的信都在這兒了。」郵務士將信件整理好，把屬於羅門今天要送信範圍內的都交給他。

羅門對照地圖，一一檢視郵件和包裹，確認今天走的路線能夠在最有效率的情況下把信送完。

有封信，吸引住羅門的目光。

「這個地址是……」，羅門整個人從椅子上彈起來，他忘情的叫道：「回信！」

羅門用吃奶的力氣，帶著裝滿郵件與包裹的箱子，從郵局一路騎車狂飆到大林村。他完全沒有按照當初規劃的路線走，第一個殺到的就是素心阿嬤家。

素心阿嬤躺在床上，子女們都圍繞在她身邊。

羅門見到這個景象，才知道素心阿嬤已經走在人生最後一段路的旅程上。

「唷！怎麼了？」阿家見到羅門，親切的問他。當素心阿嬤要走的時候，氣氛雖有些哀戚，但空氣中並沒有任何一點不和諧的氣氛。子女們像是都接受了這個現實，並且因為擁有彼此而不特別顯得難過。

這個和諧的氣氛，來自一個家庭成員能夠彼此緊緊擁抱。他們知道素心阿嬤的離世不是終點，因為他們會把素心阿嬤的精神和最愛的水梨延續至下一代，以及下下一代，乃至更遙遠的未來。

羅門放輕腳步，走到素心阿嬤身邊，拿出那封因為他緊張而捏的皺皺的信。

「素心阿嬤，您期待的信終於來了。」

羅門手上那封信是從陸軍司令部寄出，打開信封，裡頭竟然還有一封泛黃、陳舊的信封。信封上寄件人的地址來自墾丁，來自素心阿嬤寄了上百封信，卻一次也收不到回信的地方。但這陳舊的信封沒有郵票，更沒有郵戳，表示當初寫信的人最後還是沒有將信寄出去。

「媽，您不是一直在等回信嗎？現在信來了，您要起身來看看嗎？」廖媽媽輕輕撫摸著素心阿嬤那一頭充滿智慧的白髮，希望媽媽能夠在最後得嘗所望。

羅門感到有點奇怪，怎麼阿家也好，以及兩位素心阿嬤的女兒也好，他們對於這封信的出現都不感到好奇。

段小雪和廖大豪，他們從羅門手上接下信，打開信封，然後將信紙攤開。信紙只有一頁，而且只寫了一行字，其他均為空白一片。

「信封裡頭好像還有東西。」段小雪捏捏信封，見底下有點鼓起，對大家說。把信封倒過來，掉出一枝不知道過了多少年，已經風乾到不能再乾的水梨梗。信紙已泛黃，還有些斑駁，幸好淡藍色墨水的鋼筆痕仍在。

> 很好吃，謝謝。
>
> 高醫師

儘管沒有親自送到高醫師手上，但高醫師因為被素心阿嬤感動，而一直將當年的約定放在心上。

他雖然從來都沒接受過素心阿嬤的水梨，但其實透過輾轉得知，他知道自己輸了。並且，高醫師知道自己輸，並不是輸在素心阿嬤真的種出接枝在蘋果樹上的水梨。而是在素心阿嬤感動他的那一刻，他就已經知道自己不可能贏。

一個自私的醫生，不可能戰勝為孩子犧牲生命的母親。

高醫師吃過那由素心阿嬤的母愛孕育出的蘋果梨，接受了自己犯錯的事實，並且他還稱讚了素心阿嬤的心血。蘋果梨不但真的被素心阿嬤栽種成功，而且比一般的梨子更好吃。

這封信一直壓在高醫生的書房中，直到生命的最後他都沒有辦法下定決心，是否要將這封信寄出去。

原本以為這封信將永遠石沉大海，永遠只是壓在書房抽屜裡頭的一個物件。

隨著擔任軍官的兒子與段小雪、廖大豪一行人相遇。相隔一個世代，高醫師的兒子決定將這封信寄給素心阿嬤。

那間佇立於海岸邊的軍醫院已經廢棄，但早在廢棄之前，高醫師就已經將他的道歉寫成信，所以信封上頭才會還是當年軍醫院的地址。

「媽媽早就已經猜到會有這封信吧！」阿家喃喃自語說。

大美、小美與阿家，三位素心阿嬤業已成年的兒女。他們各自站著，面對氣息逐漸平靜的素心阿嬤。

就在這一刻，這寂寥的一刻，段小雪伸出雙手，廖大豪也伸出雙手，他們站在三位大人之間，左右兩兩拉起大人們的手。

透過兩個孩子的手，全家五個人聯繫在一起。

一般人總是只懂得用表面來看事情，從一些根本不是事實的線索，自以為是的做各種猜想。阿家等人誤會了素心阿嬤寫信的意義與目的，以為背後肯定有不可告人的目的。

殊不知素心阿嬤寫信的目的不在於信，而是要透過這個方式讓三個孩子們團結在一起，這才是素心阿嬤想要留給後人最珍貴的遺產。

不只是金錢，還有對於親情的領悟。

阿嬤的信，是「情」書，但不是寫給情人的情書，而是寫給家人的「親情」之書。

素心阿嬤笑了，淺淺的微笑，那是和煦、溫暖而不刺人的陽光。

直到這一刻，彷彿她知道，自己終於能夠放心的睡了。

光陰的故事系列：04

阿嬤的情書

編　　著◇鐘曉彤
出 版 者◇培育文化事業有限公司
執行編輯◇禹金華
社　　址◇221 台北縣汐止市大同路三段一九四號九樓之一
　　　　　TEL （〇二）八六四七—三六六三
　　　　　FAX （〇二）八六四七—三六六〇
總 經 銷◇永續圖書有限公司
劃撥帳號◇18669219
地　　址◇221 台北縣汐止市大同路三段一九四號九樓之一
　　　　　TEL （〇二）八六四七—三六六三
　　　　　FAX （〇二）八六四七—三六六〇
　　　　　E-mail yungjiuh@ms45.hinet.net
　　　　　網　址 www.foreverbooks.com.tw
法律顧問◇中天國際法事務所　涂成樞律師　周金成律師
出 版 日◇二〇一一年一月

國家圖書館出版品預行編目資料

阿嬤的情書/ 鐘曉彤著. -- 初版. --
臺北縣汐止市：培育文化，民100.1
面：　　公分. --（光陰的故事系列：4）
ISBN 978-986-6439-46-9（平裝）
859.6　　　　　99022510

培育文化讀者回函卡

謝謝您購買這本書。

為加強對讀者的服務，請您詳細填寫本卡，寄回培育文化；並請務必留下您的E-mail帳號，我們會主動將最近"好康"的促銷活動告訴您，保證值回票價。

書　　名：**阿嬤的情書**

購買書店：＿＿＿＿市／縣＿＿＿＿＿＿書店

姓　　名：＿＿＿＿＿＿＿＿生　　日：＿＿年＿＿月＿＿日

身分證字號：＿＿＿＿＿＿＿＿＿＿＿＿

電　　話：(私)＿＿＿＿＿(公)＿＿＿＿＿(手機)＿＿＿＿＿

地　　址：□□□－□□

：＿＿＿＿＿＿＿＿＿＿＿＿＿＿＿＿

E-mail：＿＿＿＿＿＿＿＿＿＿＿＿＿＿

年　　齡：□20歲以下　□21歲～30歲　□31歲～40歲
□41歲～50歲　□51歲以上

性　　別：□男　□女　婚姻：□單身　□已婚

職　　業：□學生　□大眾傳播　□自由業　□資訊業
□金融業　□銷售業　□服務業　□教職
□軍警　□製造業　□公職　□其他＿＿＿＿

教育程度：□高中以下(含高中)　□大專　□研究所以上

職位別：□負責人　□高階主管　□中級主管
□一般職員　□專業人員

職務別：□管理　□行銷　□創意　□人事、行政
□財務　□法務　□生產　□工程　□其他＿＿＿＿

您從何得知本書消息？

□逛書店　□報紙廣告　□親友介紹
□出版書訊　□廣告信函　□廣播節目
□電視節目　□銷售人員推薦
□其他＿＿＿＿＿＿＿＿＿＿＿＿

您通常以何種方式購書？

□逛書店　□劃撥郵購　□電話訂購　□傳真　□信用卡
□團體訂購　□網路書店　□其他

看完本書後，您喜歡本書的理由？

□內容符合期待　□文筆流暢　□具實用性　□插圖生動
□版面、字體安排適當　□內容充實
□其他＿＿＿＿＿＿＿＿＿＿＿＿

看完本書後，您不喜歡本書的理由？

□內容不符合期待　□文筆欠佳　□內容平平
□版面、圖片、字體不適合閱讀　□觀念保守
□其他

您的建議：＿＿＿＿＿＿＿＿＿＿＿＿＿＿＿＿

＿＿＿＿＿＿＿＿＿＿＿＿＿＿＿＿＿＿＿＿

剪下後請寄回「22103台北縣汐止市大同路3段194號9樓之1培育文化收」

請用膠帶黏貼

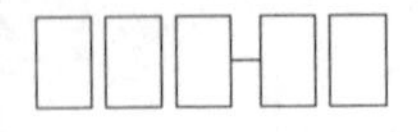

廣 告 回 信
基隆郵局登記證
基隆廣字第200132號

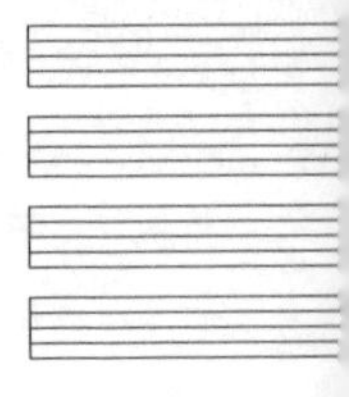

2 2 1-0 3

台北縣汐止市大同路三段194號9樓之1

培育文化事業有限公司

編輯部　收

請沿此虛線對折免貼郵票，以膠帶黏貼後寄回，謝謝！

為你開啟知識之殿堂